KB005627

삶에 대한 단상

정태성 수필집

도서출판 코스모스

삶에 대한 단상

머리말

한 번밖에 주어지지 않는 소중한 삶이라는 것을 잘 알지만 삶은 살아내기가 쉽지는 않은 것 같습니다. 삶은 오로지 나의 생각과 노력만으로 되지는 않기 때문일 것입니다. 나 자신 또한 완벽하지도 않기에 온전한 삶을 살아간다는 것은 처음부터 불가능한 것인지도 모릅니다.

최선이라고 생각하고 선택하는 길도 생각지 않은 일들로 인해 제대로 걸어가지 못하는 경우도 많습니다. 아무리 노력을 해도 되지 않는 것들이 있고, 이길래야 이길 수 없는 것도 많습니다.

태어나 만나는 수많은 인연들이 상처를 주고 스쳐 지나가기도 합니다. 믿었던 사람에게 배신을 당하기도 하고, 사랑했던 사람이 갑자기 떠나버리기도 합니다.

그래도 삶을 사랑해야 하지 않을까 싶습니다. 한 번밖에 주어지지 않았기에, 이 세상에 다시 오지 못하기에, 진심으로 사랑해야 하지 않을까 싶습니다.

그동안 써온 삶에 대한 글들을 묶어보았습니다. 글을 쓰면서 제 자신의 삶을 더욱 사랑하고자 노력하였습니다. 부끄럽고 부족하지만 조그만 도움이라도 되었으면 합니다.

2023. 2.

저자

차례

차례

1. 타인의 허물이 보이는 이유

타인의 허물이 보이는 것은 나의 허물일지도 모른다. 얼마 전 친했던 친구의 허물을 탓했다. 시간이 지나 돌이켜보니 그 친구의 허물이 보인 것이 나의 허물이라는 생각이 들었다.

나는 왜 친구의 허물이 보였던 것일까? 허물이라는 것은 옳고 옳지 않음의 기준이 있어야 가능하다. 그 기준을 만드는 것은 오로지 나의 생각과 마음에서 비롯될 뿐이다. 그 기준에 비추어 그 친구를 판단하니 허물이 보였던 것이다.

나의 기준엔 나의 편견과 선입견이 있을 수밖에 없고, 그것을 바탕으로 판단을 하니 타인의 허물을 오로지 나의 기준에서 결론 지어버리고 말게 된다.

타인이 나를 바라볼 때 그 사람의 기준에서 본다면 나 또한 많은 허물이 있을 수밖에 없을 것이다. 왜냐하면 이 세상에 완벽한 존재는 없기 때문이다.

타인이 어떠한 말을 하거나 행동을 할 때 그는 그 나름대로의 이유나 상황이 있을 것이고, 그는 자신의 기준에 따라 그러한 말과 행동을 했을 것이다. 자신의 옳지 않음을 보여주기 위해 일부러 말하고 행동하는 사람은 극히 드물다. 그것이 연기가 아닌 이상 대부분의 사람은 자기 나름대로의 선택을 하고 있을 뿐이다.

하지만 우리는 그 사람의 형편과 상황을 생각하지 않고 오직 나의 기준에 부합하는가에 따라 그를 판단해버리고 만다. 그로 인해 그의 허물을 탓하고 비난하고는 한다.

타인의 허물이 보이는 것은 바로 이 때문이 아닐까 싶다. 나의 기준으로, 그 기준이 맞는지 틀리는지도 모른 채, 타인의 상황과 형편도 모른 채 그를 판단하고 말기 때문이다. 이것은 나의 허물이 될 수밖에 없다.

잘 알지도 못하면서, 나 자신 완벽하지도 않으면서, 타인의 상황과 그에 대해 아는 것도 없으면서, 오직 나의 좁은 생각과 마음에서 비롯된 기준으로, 그 기준이 전부인 것처럼 아무런 머뭇거림도 없이 타인의 허물에 대해 탓하고 있는 것이다.

타인의 허물이 보인다는 것은 그만큼 나의 허물이 있다는 뜻이고, 타인의 허물이 크게 보인다는 것은 나의 허물 또한 그만큼 크기 때문이다.

타인의 허물이 점점 보이지 않을수록 나의 세계는 점점 커지며, 나 자신의 시야가 객관적이 되어 가는 것이고, 나의 좁은 편견과 선입견에서 자유로워지는 것 같다.

나 자신이 누구인지 정확히 알아야 하지 않을까 싶다. 내가 얼마나 주관적으로 타인을 판단하는지, 나 자신이 얼마나 좁은 편견 속에서 살아가는지, 나의 허물이 무엇인지, 그러한 나만의 기준으로 타인을 섣불리 분별하고 있는지, 나 자신에 대해 보다 객관적으로 알아야 할 필요가 있다.

나 자신을 알게 된다면, 나의 허물이 어떤 것인지, 왜 그것으로 타인을 판단하면 안 된다는 것을 알게 될 것이고, 시간이 갈수록 타인의 허물이 보이지 않게 될지도 모른다.

2. 생각이 문제일 수도

나는 온전히 나에게 주어진 삶을 살고 있는 것일까? 삶을 살아내기보다는 나의 생각 속에서 살아가고 있는 것은 아닐까?

나의 생각은 나보다 훨씬 작다. 생각은 나의 일부일 뿐이다. 하지만 우리는 종종 생각만으로 대부분을 살아낸다. 그러한 면에서 본다면, 만약 나의 생각이 잘못된 것이라면 나의 삶 그 자체도 문제가 될 수밖에 없을 것이다.

생각은 온전한 삶을 살아가는 데 있어서 도움이 되기도 하지만 방해가 되기도 한다. 나의 생각이 완전하지 않기 때문이다. 그 완전하지 못한 자신의 생각으로 매일을 살아가고 있다면 많은 문제와 괴로움, 힘듦과 편안하지 못함이 있을 수밖에 없다. 그렇게 생각해도 되지 않는 것을 그렇게 생각하니, 괴로워하지 않아도 될 것으로 괴로워하게 되고, 힘들어하지 않아도 될 것으로 힘들어하게 된다.

나의 생각이 온전하지 못함을 인식하는 것이 진정한 생각으로부터의 자유의 시발점이 아닐까 싶다. 온전하지 못한 나의 생각에 나의 삶을 맡길 수가 없기 때문이다.

나의 생각이 나의 삶을 앗아갈 가능성도 충분히 존재한다. 타인에 대한 나의 판단이 잘못된 것이라면 그와의 관계나 인연이 쉽게 끊어질 수도 있다. 그는 나를 믿고 있는데 그가 나를 믿고 있지 않다고 생각하는 내가 그 관계를 끝내게 해버리기 때문이다. 그가 나를 좋게 생각하고 있는데도 불구하고 그가 나를 좋지 않게 생각하는 나 자신이 어쩌면 소중할 수 있는 관계의 종말을 몰고 오게 할지도 모른다.

내 주위에 일어나는 일들을 제대로 판단하지 못한 채 행동하고 선택을 한다면 그로 인해 원래 좋을 수 있을 삶의 일부가 좋지 않은 방향으로 흘러갈 수도 있다. 이는 오로지 내 생각의 잘못에서 기인할 뿐이다.

우리의 인식은 모든 사물이나 존재를 있는 그대로 인식하지 못하는 경향이 있다. 나의 생각으로 인식할 뿐 그 사물이나 존재의 진정한 모습을 보려 노력하지 않기도 한다. 내 생각이 전부라고 착각하기도 한다.

열린 마음으로 모든 것을 객관적으로 보는 것은 사실 쉽지가 않다. 모든 것을 자신의 생각과 인식으로 판단하고 그것이 전적으로 옳다고 주장하는 것이 오히려 쉽다. 자신이 잘못 알고 있을 수도 있고, 잘못 생각할 수도 있다는 사람은 드물다. 어쩌면 생각으로부터의 진정한 자유를 누리지 못하는 것이다. 그러한 생각이 우리의 삶을 왜곡되게 만들고 온전한 삶을 살아내지 못하게 한다.

나는 열린 마음과 열린 생각으로 살아가고 있는 것일까? 나의 인식은 어느 정도의 객관성을 유지하고 있는 것일까? 누군가 나에 대해 비난을 한다면 그의 말과 생각을 들여다보려고 노력은 하고 있는 것일까?

나의 생각이 온전한 삶을 살아가는 데 방해가 되지 않기 위해서는 내가 옳다는 아상을 버릴 필요가 있다. 그것을 깨뜨리지 못하는 한, 나는 온전한 삶을 살기는커녕, 생각에 끄달려 더 나은 삶을 스스로 포기하고 있는 것인지도 모른다.

3. 사랑에는 이유가 없다

그저 존재함으로 충분하다. 어떠한 것도 묻지 않은 채 있는 그대로 존중하여야 한다. 진정한 사랑이 어떤 것인지 몰랐기에 생각하고 욕심내고 이유를 따지곤 했다. 이제는 더 이상 그러한 것이 필요 없음을 안다.

진정한 사랑에는 이유가 없다. 어떠한 모습이건, 어떠한 경우이건, 그저 지금 그대로의 모습을 온전히 받아들여야 한다. 나의 관점에서만 사랑을 생각하기에 이유에 집착하고 나의 욕심대로 되어가기를 바라는 것이다. 진정으로 응원을 한다면 어떠한 경우에도 그의 편이 되어야만 한다.

지나온 것을 생각하면 후회와 아쉬움으로 가득할 뿐이다. 몰랐기 때문이다. 몰라도 너무 몰랐기 때문이다. 그것으로 인해 많은 것을 잃었다. 무지는 그래서 무섭다. 깨달아 알아야 했는데 그러지를 못했다. 어렴풋이 알고는 있었지만 행함에 이르지 못하는 부족함이 있었다.

알면서도 행하지 못함의 이유는 어디에 있는 것일까? 그것은 오로지 나 자신의 약함에서 비롯되었을 뿐이다. 모든 것이 자신의 책임일 수밖에 없다. 다른 사람이나 환경을 탓하는 것은 비겁하다는 것을 증명할 뿐이다.

사랑은 나 자신의 관점에서 비롯되면 안 된다. 진정한 사랑은 나의 세계에서 이루어지는 것이 아니다. 나를 벗어나 모든 것을 아우를 수 있는 것이 진정한 사랑이 아닐까 싶다.

이제부터라도 그러한 사랑의 시간들로 채워나가기를 희망한다. 과거의 나를 벗어버리고 아무런 이유도 묻지 않고, 있는 그대로 모든 것을 받아들이는, 존재 그 자체로도 충분한 참된 사랑으로 남겨진 시간들을 채워가려고 한다.

4. 불완전한 삶

나름대로 최선을 다하지만 좋은 결과를 만들어내지 못하기도 한다. 마음속 깊이 사랑하지만 관계가 어긋나기도 한다. 삶은 그래서 불완전하다. 사람은 완전하지 않기에 원하지 않는 그러한 길을 갈 수밖에 없는 것이 인간의 참모습일지 모른다.

자신이 흠이 별로 없다고 생각하거나 자신의 생각대로 해야 하는 것이 옳다고 하여 주저 없이 행동을 하는 경우 더욱 불완전한 삶의 길을 가게 될수도 있다.

이 세상에 완전함이란 존재하지 않는다. 그럼에도 불구하고 우리는 완전함을 추구하곤 한다. 이루어질 수 없는 그 완전함을 위해 소중함을 잃거나 진실함을 잊거나 다시 돌아오지 않을 시간을 소모하곤 한다.

나 자신 불완전함을 알았다면 더 의미 있는 시간들을 보냈을 것이다. 완전함을 추구하지 않았더라면 더 즐겁고 행복한 시간들을 누렸을 수도 있었다.

최선을 다해 살아가더라도 원하지 않는 인생의 결과들이 나타나는 현실에서 우리는 왜 삶의 불완전함을 잘 받아들이지 못하는 것일까?

타인의 불완전함을 받아들이지 못하기에 그와 다투며 좋았던 관계마저 아예 잃어버리기도 한다. 나 자신 완전하지 않기에 타인 또한 완전하지 않음이 당연한 것인데, 어째서 나와 같은 생각을 하기를 기대하고, 내가 바라는 대로 행동하기를 바랐던 것일까? 그것은 아마 욕심을 넘어서는 독단과 아집이었는지도 모른다.

나의 불완전함을 받아들이고 타인의 불완전함도 받아들였다면 그 공간의 여백이 숱한 불완전함을 포용하고도 남았을 텐데 왜 그런 선택을 하지 못했던 것일까?

타인이 완전하기를 바랐기에 그 소중한 순간들을 잃어버리게 되고, 나 자신이 완전하기를 기대하기에, 아름다울 수 있는 순간들을 누리지 못했던 것 같다.

이제는 앞으로 내가 진정으로 사랑하는 이의 완전함을 기대하지 않으려 한다. 그가 어떤 일을 하건 그저 지켜보고 받아들이려 한다. 그 모습이 어떠하건 인정해 주려 한다. 어떤 기대함 없이 그냥 응원하려고 한다.

삶은 불완전하지만, 이제는 그러한 삶을 사랑하려고 한다. 불완전한 타인을 사랑하고, 불완전한 나 자신을 사랑하고 싶다. 그것이 불완전한 인생에서의 가장 완전한 답이 될 것 같다는 생각이 든다.

5. 판단할수록 멀어진다

오래도록 가까이 지내고 싶은 사람이라 할지라도 그렇게 되지 못하는 경우가 생기곤 한다. 여러 가지 이유가 있겠지만 가장 큰 이유는 그에 대해 나 자신이 판단하기 때문이 아닐까 싶다. 사람이 판단을 하지 않을 수는 없겠지만 그 판단을 오로지 나의 기준으로 하게 된다면 문제가 생기지 않을 수 없다.

판단을 한다는 것은 어쨌든 기준이 있어야 한다. 문제는 그 기준을 나로 삼아 모든 것을 재단하는 것에 있다. 우리 대부분의 경우 나의 기준은 거의 절대적으로 옳다는 무의식에서 살아가고 있다. 자신보다 다른 사람이 더 옳을 수 있다는 생각을 하고 있는 사람은 결코 흔하지가 않다.

우리 각자의 존재는 그 다름에 존재의 의의가 있다. 만약 모든 사람이 같은 존재라면 그렇게 많은 사람들이 이 지구상에 살아가야 할 필요가 없다. 모든 사람이 각각 다르기에 그 자리에서 그렇게 살아가고 있는 것이다. 각자가 다르기에 각기 다른 자신만의 세계 속에서 개성을 가지고 살아가고 있을 뿐이다.

인간의 욕심은 한이 없어서 나와 가까운 사람일수록 나와 비슷하기를 원한다. 나의 생각과 비슷하기를 바라고, 내가 바라는 대로 해주기를 소원한다.

그렇기에 나와 가까운 사람이 나와 다르다는 것을 쉽게 받아들이지 못한다. 가까운 사람일수록 나와 비슷하기를 원할 뿐이다. 나의 기준으로 판단하면 할수록 그는 점점 나와 거리가 멀어지게 될 수밖에 없다. 그를 판단한다는 것은 그와 나를 분별한다는 것이고 이는 나의 기준에 입각하기 때문에 시간이 갈수록 점점 나와 다른 그를 받아들이지 못하게 된다.

판단을 하지 않을수록 타인을 그냥 있는 그대로 포용할 수 있게 된다. 나의 능력이 부족해서 판단을 하지 않는 것이 아니라 나 자신이 성숙하기에, 나의 능력이 전보다 너 나아졌기에 그러한 판단을 하지 않게 되는 것이다.

타인의 잘못을 찾아내고 그의 잘못을 문제 삼게 된다면 그와의 좋은 관계는 그리 희망적이지 못할 수 있다. 점점 그러한 일이 반복되어 더 이상 서로의 다름을 인정하기 못하기에 존재로서의 의미를 상실하게 되기 때문이다.

그가 나와 같기를 바라는 것, 그가 나의 생각과 똑같기를 소원하는 것보다 그를 그대로 존중하는 것이 훨씬 어렵다. 그러한 판단 없는 관계가 더 소중한 순간을 오래도록 유지될 수 있게 해주는 것이 아닐까 싶다.

판단보다는 포용이 타인을 더 가까운 관계로 오래도록 유지할 수 있게 해주는 것 같다는 생각이 든다. 판단은 타인과 점점 멀어지게만 할 뿐이다.

6. 스스로를 치유하며

나를 힘들게 하는 것은 여러 가지가 있을 수 있겠지만, 그 괴로움에서 벗어나는 것은 오로지 내가 해야 할 일이다. 나를 생각해주고 나와 가까운 사람이라고 하더라도 나의 어려움에 대해 위로와 마음을 나누어 줄 수는 있겠지만 나의 모든 괴로운 것을 해결해주지는 않는다.

괴로움은 외부의 요인에 의한 것일 수도 있지만 나 자신에 의한 것일 수도 있다. 외부에서 오는 괴로움은 나의 한계를 넘어서는 경우가 많다. 아무리 노력해도 나 자신이 그러한 외부의 요인을 없앨 수는 없기 때문이다. 그럴 경우 가장 최선의 방법은 그러한 요인과 거리를 멀리 두는 것이다.

문제는 나 자신의 내부에서 오는 괴로움이다. 우리는 때때로 괴로워할 필요도 없는 것으로 스스로를 괴롭히기도 한다. 고민해서 되지도 않는 것을 스스로 더 깊게 고민하며 괴로워한다.

마음이 연약할 경우 다른 이로부터 마음의 상처를 쉽게 받곤한다. 그러한 상처는 잘 아물지도 못해서 나의 일상을 힘들게 하며 괴로운 시간의 연속으로 이어진다. 나 자신은 나의 마음을 괴롭게 하는 타인에 대해 어떻게 할 수는 없다. 그를 어떻게 할 수 없다면 그 문제를 해결하기 위해서는 나 자신의 마음을 스스로 강하게 하는 방법밖에는 없다. 그러지 않을 경우 그토록 괴로워하지 않아도 되는 것을 더 크게 스스로를 괴로움 속으로 몰아넣을 수도 있다.

나의 괴로운 마음을 그 누구도 치유해주지는 않는다. 스스로 의사가 되어서 치유할 수밖에는 없다. 치유하는 의사가 유능할수록 그 괴로움에서 자유로울 수 있다. 즉, 나 자신이 스스로 나를 치유하는 능력 있는 치유자로서 살아가야 할 필요가 있는 것이다.

그 누구에게 가서 나의 마음을 치유받는다고 해서 나의 괴로움이 완전히 치유되는 것은 그리 쉽지가 않다. 왜냐하면 나 자신에 대해 제일 잘 아는 사람은 나 자신이기 때문이다. 아무리 나의 형편에 대해 이야기하고 나누더라고 타인의 보는 나는 그 사람의 나에 불과하다. 그가 보는 나를 그의 방법으로 치유하려 하기에 위로나 위안은 될 수 있을지언정 완전한 치유가 되는 것이 어려울 수밖에 없다.

모든 어려움은 그것을 제일 잘 아는 사람이 해결해야 한다. 이 세상에서 나 자신에 대해 제일 잘 아는 사람은 내가 아닌 다른 사람이 되기는 힘들다. 어떤 한두 가지는 나의 문제를 해결해 줄 수 있겠지만, 나의 모든 것을 해결해 줄 뛰어난 타인은 존재하지 않는다.

나의 괴로움에서 자유롭기 위해서는 나 자신이 스스로를 잘 치유할 수 있는 나로 성장해야 할 필요가 있다. 모든 괴로움은 나에

의해 해결될 수밖에 없다는 마음으로 그 어떤 괴로움이 나에게 다가와도 내가 해결해야 한다는 마음으로 살아간다면 그리 멀지 않은 날 나 스스로를 완전히 치유할 수 있는 그런 나로 성장할 수 있을 것이다.

7. 비난에 대하여

우리는 일상생활에서 타인의 비난으로 인해 많은 내면의 상처를 받곤 한다. 특히 나와 가까운 사람이나 친했던 사람으로부터 마음을 많이 다치기도 한다. 뿐만 아니라 요즈음에는 잘 알지도 못하는 사람들에게까지 비난을 당하곤 한다. 블로그나 다른 SNS으로부터 익명의 사람들은 자신의 생각과 조금만 달라도 거침없이 비판의 의견을 쏟아내는 것이 현실이다.

이러한 현실 속의 비난은 나의 의지와는 상관없이 이루어진다. 나 자신이 그러한 비난을 어떻게 하지를 못한다. 타인의 나에 대한 비난은 내가 무언가를 잘 못해도 받지만, 너무 잘해도 비난을 받는다. 나의 재능이나 능력이 모자라도 비판을 하고 너무 넘쳐도 비판을 한다. 못해도 비난을 받고 잘해도 비난을 받으니 비난은 항상 나를 따라다닐 수밖에 없다.

비난에서 자유롭지 않은 이상 마음의 상처를 받는 것은 어쩌면 당연한 일이 되어버리고 만다. 그러한 아픔과 상처를 가지고 살아가야만 한다면 우리의 일상은 괴로울 수밖에 없다.

중요한 것은 타인의 비난에 의해 나의 삶이 파괴되어서는 안 된다는 것이다. 나의 능력과 재능은 그들의 비난보다 훨씬 소중하다. 타인의 비난은 단지 그들의 생각일 뿐이다. 나를 소중하게 생각하고 나를 진정으로 사랑하는 사람은 나에게 상처를 주는 비난을 하지 않는다. 결론적으로 말하면 나에게 상처를 주는 사람은 나를 그다지 생각하지 않는 사람의 단순한 의견일 뿐이다. 그것은 나의 삶에서 결코 중요하지가 않다. 그냥 스쳐 지나가는 바람 같은 것일 뿐이다. 그러한 아무것도 아닌 것으로 내가 아프고 힘들 필요가 전혀 없다.

타인이 나에 대해 어떠한 비난을 하더라도 나 스스로 상처를 받지 않으면 된다. 그것은 실로 간단하다. 그냥 타인의 의견을 그러려니 하고 생각하면 된다. 그 비난에 대해 나의 의견을 제시하는 순간 또 다른 비난의 악순환에 스스로 말려 들어갈 수밖에 없다. 이 세상에서 절대적으로 옳은 것은 없다. 나 자신의 의견이 옳지 않을 수 있고, 타인의 의견도 옳지 않을 수 있다.

누군가 나에 대해 비판이나 비난을 한다면 그것은 그저 그의 생각이라고 여기고 나에게 도움이 되는 비난일지 생각해 본 후, 도움이 된다면 나 자신의 잘못을 고치고, 그렇지 않으면 스쳐 지나가는 바람이라 생각하고 잊으면 된다.

타인의 비난에 대해 무디어질수록 마음은 자유롭고 편안해질 수 있다. 그것에 대해 옳고 옳지 않음을 생각할 필요도 없고, 그러한 비난을 내 자신의 마음에 담아둘 필요가 없다면 어떠한 비난이 나에게 오더라도 나의 삶은 결코 흔들리지 않는다.

타인의 비난이나 비판에 신경을 쓰고 마음 아파하며 상처를 받아 힘들어하기보다는 더 소중한 나의 시간을 아껴가며 살아가야 하지 않을까? 그러한 비난보다 나에게 주어진 시간이 더 소중한 것이 아닐까? 타인의 비난이 아무리 크더라도 그냥 아무것도 아니라 생각하면 아무것도 아닐 뿐이다.

타인의 비판이나 비난은 어쩔 수가 없다. 내가 노력한다고 해서 나의 인생에 비난이 없는 그러한 일은 앞으로 일어나지 않는다. 내가 이 세상에 살아가는 동안 그러한 것은 나의 그림자처럼 따라다닌다. 그림자가 나를 따라다닌다고 해서 내가 마음을 쓰고 그것에 대해 아파한다고 해서 그림자가 나에게서 영원히 사라지지는 않는다.

나 자신의 능력과 마음의 강해질수록 그러한 비난에서 자유로워질 수 있다. 그림자가 따라오건 말건 그저 그러려니 하고 나의 할 일을 하며 소중한 시간을 보내면 비난이란 것은 신경 쓸 필요도 없는 하찮은 것에 불과할 뿐이다.

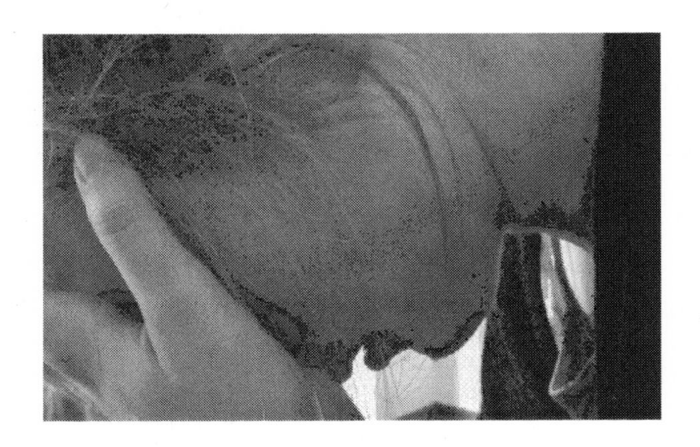

8. 비가 오게 할 수는 없다

예전에는 노력을 하면 많은 것을 할 수 있다고 생각했다. 그 생각에 사로잡혀 나 스스로 나름대로의 최선을 다해 애를 썼다. 그러한 욕심은 자신에 대한 일에서 끝나지 않고 가족이나 가까운 사람에게까지 나의 영향력을 끼치려 부단히도 노력했던 것 같다. 그러한 노력이 일부 어느 정도의 결과로 낳았던 것은 사실이다.

하지만 요즘 들어 느끼는 것은 그러한 노력의 결과가 정말 엄청나게 의미가 있는 것은 아니라는 것이다. 꼭 내가 생각했던 결과를 얻지 못했다 하더라도 그다지 큰 문제가 되지는 않았을 것이라는 생각이 든다.

이것은 나 자신을 객관적으로 바라보는 능력이 부족해서 생긴 것 같다. 할 수 있는 것과 할 수 없는 것, 어느 정도까지 노력을 하는 것과 어느 정도에서 그만두어야 하는 것, 이러한 것들에 대한 깊은 생각을 하지 않았던 것 같다.

그냥 무작정 목표를 세우고 그 목표를 이루기 위한 계획을 세운 후 내가 가지고 있는 모든 에너지를 동원하여 최선을 다하는 것이면 된다고 생각했다. 그러한 노력으로 인해 웬만한 것은 충분히 이루어낼 수 있을 것이란 교만함과 자신감이 있었다.

이제는 더 이상 그러한 노력을 하지 않으려고 한다. 삶은 그다지 큰 차이가 없다는 것을 깨달았기 때문이다. 인간의 욕심은 한이 없어서 한번 목표를 세우고 노력을 하고 나면 다시 또 다른 목표를 세워 더 많은 노력을 하게 되고 그러한 일들이 계속 반복되면서 나에게 주어진 시간이 오직 그러한 것을 이루기 위해 발버둥 치다 모두 끝나버리고 말 것 같다는 생각이 들었다.

그러한 끊임없는 노력으로 얼마나 큰일을 할 수 있을까 하는 생각을 해보았다. 나의 능력으로, 정말 보잘것없는 나의 능력으로는 할 수 있는 것은 어느 정도까지밖에 되지 않는데도 끊임없이 노력만 하는 나 자신의 끝은 어쩌면 불행해질 수도 있을 것이란 생각이 들었다.

내가 아무리 노력을 해도 비를 내리게 할 수는 없다. 내가 아무리 애를 쓴다고 하더라도 하얀 눈이 펑펑 내리는 겨울에 꽃을 피울 수는 없다.

내가 할 수 있는 것만 하는 것으로도 이생에서 주어진 시간을 충분히 의미 있게 보낼 수 있을 것이라는 생각이 든다. 그 이상의 욕심을 부리는 것은 내 인생에 있어서 마른하늘에서 비를 만들어 내려는 것과 같은 정말 어리석은 판단이라고 생각된다.

이제는 거창한 목표를 이루려 하기보다는 매일 하는 일의 과정에서 즐거움을 찾으려고 한다. 비를 오게 할 수는 없지만, 나의 화단에 물을 줄 수는 있을 것이라 생각된다. 비록 조그만 화단이지만, 나름대로 나만의 세계에서 만들어지는 예쁜 화단이며 그것으로 충분하다는 생각이 든다. 다른 사람이 어떻게 생각하건 그것은 중요하지 않고, 대부분의 사람들이 이루려고 하는 것도 그리 중요하지 않다.

비가 오게 할 수 없다는 것을 깨달아 오히려 더욱 행복해질 수 있을 것이라는 느낌이 든다. 노력만 하다가 주어진 시간을 더 이상 잃어버리지는 않을 것이다.

이제는 비가 오는 것을 바라만 보아도 좋을 것 같다. 우산을 쓰고 마음의 자유를 누리며 마음 편하게 비가 오는 날도 산책을 할 수 있을 것이다.

9. 행복과 불행의 양태

"행복한 가정은 고만고만하지만, 불행한 가정은 그 불행의 모양이 저마다 다르다."

톨스토이의 소설 〈안나 카레니나〉에 나오는 말이다. 이는 가정뿐만 아니라 개인에게도 해당될 것이다. 우리는 대부분 행복을 추구하지만, 우리의 인생을 결정하는 것은 불행일지도 모른다. 문제는 그 불행이 인간의 한계와 예상을 넘는다는 데에 있다. 그렇다면 내가 할 일은 행복에 대한 관심보다는 나에게 닥칠 불행에 대해 대비하고 그러한 불행을 이겨나갈 방법을 찾는 것이 현명한 것이 아닐까 싶다.

우리는 주위의 가까운 사람이 겪는 불행을 보고서도 나에게는 그러한 일이 일어나지 않으리라 생각하게 된다. 다른 사람에게 일어난 커다란 불행에 가슴 아파하면서도 나도 그러한 것을 경험할 수 있으리라는 것을 심각하게 생각하지 않는다. 나에게는 불행보다는 행운이나 행복이 기다리고 있으리라 기대하곤 한다.

그렇다 보니 전혀 예상하지 않은 시기에 아무런 준비도 하지 않고 있는 상황에서 불행을 겪게 되면 전혀 감당하지 못한 채 그 불행에 나의 많은 것을 잃고 만다.

부족할 것 없을 것 같은, 매일 행복할 수밖에 없을 것 같은 안나가 그 뜨거웠던 사랑을 잃고, 사회에서 매장을 당하며, 사생아를 낳고, 죽을 고비를 넘기며, 삶의 의지마저 잃은 채, 결국 자살을 하리라는 것을 그 누구도 예상하지 못했을 것이다.

행복할 수 있을 조건이 모든 것을 보장하지는 않는다. 그럼에도 불구하고 우리는 그만그만한 행복을 추구하고, 그것이 전부인 양 매일 그러한 행복을 성취하기 위해 정신없이 살아가고 있을 뿐이다.

어쩌면 안나는 자신의 삶을 스스로 끊었기에 더 커다란 불행의 양태를 경험하지 못한 것일 수도 있다. 불행의 크기와 깊이는 우리가 전혀 잴 수 없는 모습으로 우리의 인생의 바닥까지 밀어낼 수도 있으며, 더 이상 감당할 수 없을 한계의 끝까지도 경험하게 만들 수도 있다.

불행이 무서운 것은 우리의 영혼마저 사막의 한복판으로 이끌 수 있기 때문이다. 그런 경우 우리는 주어진 시간 동안 모래바람 날리는 그러한 영혼을 가진 사람으로 살아가게 될지도 모른다. 그 어떤 삶의 아름다움도 없이, 더 이상의 기대와 희망도 없이 그렇게 살아가게 될 수도 있다. 불행의 모양이 저마다 다른 것은 이런 이유 때문이다.

불행을 경험하지 않고 살아가는 사람은 없다. 삶은 우리에게 그만큼의 시간을 주기 때문이다. 중요한 것은 나에게 닥친 불행이 더 이상 커지지 않고 더 험악한 모습으로 되지 않도록 그 불행의 양태를 알아차리고 이를 나의 삶에서 사라지도록 그 방법을 찾아 최선을 다해야만 한다는 것이다.

행복은 지금 나에게 주어진 것으로 조금만 노력한다면 충분히 얻을 수 있다. 그렇기에 톨스토이는 행복의 모습을 고만고만하다고 한 것이 아닐까 싶다.

독일로 요양을 갔다가 돌아온 키티는 그녀가 사랑하는 사람을 잃었지만, 그 정도에서 불행을 막아낼 줄 알았다. 그녀의 내면이 그것을 해낼 수 있었기 때문이었다. 그로 인해 키티는 더 이상의 불행 없이 고만고만한 행복한 삶을 살아갈 수 있었다.

불행을 알아볼 수 있고 이를 이겨낼 수 있는 내면의 힘은 더 이상의 다른 양태의 불행에서 벗어나 우리에게 일상의 행복을 가져다준다는 것을 안나는 몰랐기에 충분히 행복할 수 있는 조건이 있었음에도 불구하고 그렇게 삶을 마감할 수밖에 없었다.

10. 꺾여지는 인생

살아가다 보면 육체적으로나 정신적으로 커다란 일을 경험하게 되면서 우리의 인생은 크게 꺾여질 수도 있다. 위기의 순간, 나에게 가장 소중했던 것을 잃기도 하며, 감당하지 못할 삶의 무게가 짓누르기도 한다. 좌절과 고통이라는 어둠 속에 갇히기도 하고, 지나온 길에 대한 회의로 인해 가던 길을 잃어버려 어디로 가야할 지 알 수 없게 되기도 한다.

시간이 꽤나 흘렀지만, 운이 나빴다면 나는 아마 교통사고로 인해 이 세상에 존재하지 못했을 것이다. 눈앞에서 경험한 죽음이라는 체험은 삶의 유한성을 뼈저리게 느끼게 해주었다. 나는 살았고 내가 타고 가던 자동차는 죽었다. 고칠 수가 없을 정도로 부서져서 폐차를 시킬 수밖에 없었다. 그 사고를 옆에서 지켜본 사람은 평생 쓸 운을 다 쓴 것 같다고 말하기도 했다.

평상시 가던 지름길이었지만, 그 이후로 그 길을 지나갈 수가 없었다. 사고 난 지점에 가까워지면 나도 모르게 심장이 벌렁거려 운전대를 잡을 수 없었고 결국 우회하여 다른 길로 가야만 했다. 사고 후 트라우마는 생각했던 것보다 커서 결국 이제까지 그 사고지점을 가보지 못했다. 삶과 죽음이란 종이 한 장 차이이며,

살아가는 그 어떤 순간에도 죽음이 언제 어디서 다가올지 알 수는 없다.

소중한 사람을 잃거나 잃을 위기에 처하는 경우에도 커다란 절망에 빠지게 된다. 더 이상의 희망이 없다고 느끼는 순간, 삶의 허무가 덮치게 된다. 살아온 시간의 무의미함과 살아가야 할 이유마저 잃게 되면서 삶은 크게 꺾여질 수밖에 없다. 언제든지 옆에 있을 것이라 생각하지만, 인생은 우리를 그렇게 내버려 두지는 않는다.

나에게 다가온 것이 언젠가는 떠나게 되며, 원래 내 것이 아니었다는 사실을 알기는 하지만, 그래도 오래도록 함께해주기를 바라는 소원마저 이루어지지 않을 때, 삶의 의욕마저 잃게 되기도 한다. 어쩌면 그것이 당연한 것임에도 불구하고 내면의 나는 그것을 받아들이지 못한 채, 홀로 삶의 길목에 선 채 눈물을 흘리지 않을 수 없게 된다.

인생이 꺾여지는 순간, 삶에 대해 배우기도 한다. 지금 가지고 있는 것이 얼마나 소중한 것인지, 나에게 주어진 것들이 얼마나 중요한 것인지 알게 되기도 한다. 그로 인해 인생에 대해 겸손하게 되고, 삶의 진정한 의미를 깨닫게 되기도 한다. 하지만 그전에 그러한 것들을 알았다면 얼마나 좋았을까 하는 후회와 함께 회한에 빠지기도 한다.

지나간 것들은 돌이킬 수가 없기에 삶은 더욱 아픈 것인지도 모른다. 한 번밖에 주어지지 않는 인생이기에 주어지는 삶을 받아들일 수밖에 없다. 몇 번 꺾여지건 그 운명을 어찌할 수가 없다. 꺾여지는 삶의 과정에서 그나마 내 옆에 남아있는 것들을 위해 살아갈 뿐이다. 그것이 어쩌면 살아가야 할 이유의 전부일지도 모른다.

11. 오는 바도 없고 가는 바도 없다

물은 자유롭다. 어느 그릇에 담기든 상관하지 않는다. 조그만 그릇에 담기면 담기는 대로 커다란 그릇에 담기면 담기는 대로 그릇의 크기에 상관하지 않는다. 물은 그릇의 형태에도 상관하지 않는다. 동그란 그릇에 담기면 동그란 모습으로, 직사각형 모양의 그릇에 담기면 직사각형 모습으로 그렇게 존재한다.

나와 모든 것이 같은 사람은 존재하지 않는다. 성격이 다르고, 취향이 다르며, 인생의 목표가 다르고, 좋아하는 것이 다르고, 원하는 것이 다르고, 하고자 하는 것이 다르고, 능력이 다르고, 그 모든 것이 다르다.

나는 주위의 모든 사람과의 관계에서 물처럼 자유롭게 살아가고 있을까? 나와 생각이 다르다고, 내가 원하는 대로 그 사람이 따라주지 않는다고, 그를 마음속으로 배제하고 있는 것은 아닐까?

내가 생각하는 것에 집착하고, 내가 원하고 바라는 것에 집착하는 이상 나는 물처럼 진정한 자유를 얻기는 힘들 것이다. 그것을 이루지 못해서 마음이 아프고, 내가 원하는 대로, 생각하는 대로, 기대하는 대로 되지 않아 속상하기만 할 것이다.

내가 원하는 대로 되지 않을 수 있고, 내가 바라는 대로 되지 않을 수가 있다. 그것이 어쩌면 당연한 것인지도 모른다. 내 주위에 있는 사람은 당연히 나와 다를 수밖에 없기에, 그 사람이 어떤 행위와 말을 하는 것에 집착하는 이상 나는 결코 그 사람으로부터 자유를 얻을 수가 없다.

"저 사람은 도대체 왜 그럴까?"라는 생각 자체가 나 스스로 내면의 자유를 방해하고 있는 것인지도 모른다. 상대도 나를 보고 "저 사람은 도대체 왜 저럴까?"라는 생각을 하고 있는지도 모른다.

"오는 바도 없고, 가는 바도 없다"라는 말은 진정으로 나 자신의 내면의 자유를 얻을 수 있게 해주는 것이 아닐까 싶다. 오고 가는 것은 중요하지 않다. 내 입장에서는 오는 것이고 상대의 입장에서는 가는 것일 뿐이다.

12. 연꽃을 보며

일요일 새벽에 일어나 달리기를 하다 보면 가끔 연꽃이 많이 피어있는 방죽을 지나곤 한다. 그리 큰 방죽은 아니지만 예쁜 연꽃이 충분히 많이 있다. 그냥 지나칠 수가 없어 벤치에 앉아 조금 휴식을 취한 후, 연꽃을 감상하고 그 앞에서 사진을 찍기도 한다.

연꽃의 뿌리는 진흙 속에 묻혀 있다. 우리는 보통 진흙을 더럽다고 생각하곤 한다. 손으로 진흙을 만져보면 끈적끈적하게 묻어나고 왠지 그 속에 온갖 것들이 들어 있어 그렇게 생각하는 듯하다.

더럽고 깨끗하다는 기준은 어디에 있는 것일까? 우리는 왜 진흙을 더럽다고 인식하는 것일까? 물론 진흙을 더럽지 않다고 생각하는 사람이 있을 수 있겠으나 아직 나는 그러한 사람을 만나지는 못했다. 내가 만난 모든 사람 중에 진흙을 깨끗하다고 한 사람은 없었다.

연꽃은 더럽고 깨끗한 것 상관없이 진흙에 뿌리를 내리고 성장하여 예쁜 연꽃을 활짝 피워낸다. 그 연꽃을 보고 우리는 아름답다고 생각하여 사진을 찍는 것이다. 하지만 연꽃이 뿌리를 내리고 있는 진흙을 좋다고 해서 만지는 사람은 거의 없다. 같은 연꽃임에도 불구하고 위에 핀 연꽃은 아름답다고 하고 그 연꽃을 피워내기 위해 땅으로부터 영양분과 수분을 공급해 주는 진흙은 달가워하지 않는다. 만약 연꽃의 뿌리가 내려진 진흙이 없었다면 우리가 좋아서 사진을 담는 그 아름다운 연꽃은 피지 못했을 텐데도 말이다.

모든 사람에게는 좋은 면이 있지만 좋지 않은 면도 있다. 대부분의 경우 우리는 처음에 만난 사람이 마음에 들어 좋아하다가, 시간이 지나 그 사람과 갈등을 일으키거나 내가 그 사람에 대해 마음에 들지 않은 면을 경험하게 되면, 그전에 그를 칭찬하던 사람이 그 사람을 더욱 싫어하며 좋지 않은 말을 하곤 한다. 상대는 원래 그런 사람이었는데도 말이다.

이 모든 것은 나의 인식의 불완전함에서 나오는 것이 아닐까? 같은 사람을 놓고 좋아했다가, 싫어했다가, 배려했다가, 미워했다가 하는 것이 당연한 것인지는 모르나, 그로 인해 서로에게 상처가 된다면 차라리 시작을 하지 않는 것이 나을지도 모른다.

변하지 않는 마음을 가지는 것이 쉬운 일은 아니나 연꽃을 본다면 그리 어려운 것도 아니라는 생각이 든다. 연꽃은 위나 아래나 다 하나일 뿐이다. 진흙에 박혀있는 뿌리는 더럽고, 물 위에 피어있는 꽃은 아름다운 것이 아니라, 뿌리부터 꽃까지 하나의 개체인 연꽃 그 자체인 것이다. 뿌리가 진흙에 박혀있어 더러우니, 뿌리는 버리고 아름다운 연꽃만 따서 집으로 가져간다면 몇 시간도 지나지 않아 그 예쁜 연꽃은 시들어 말라 죽을 뿐이다.

나의 인식의 한계가 나의 마음과 주위의 다른 사람과의 아름다운 관계에 파탄을 일으키는 중요한 요인이 될 수도 있다. 내가 생각하는 그 사람이 진정 그 사람의 본 모습이 아닐 수 있고, 내가 판단하는 그 사람의 어떠한 점이 어쩌면 더 좋은 면을 놓치고 고작 뿌리가 내린 진흙만을 보는 나의 사고의 편협함인 것인지도 모른다.

어떠한 존재건 그 존재의 모든 면과 진정한 모습을 볼 수 있는 사람은 존재하지 않는다. 나의 인식의 한계를 아는 것이야말로 아름다운 연꽃을 제대로 볼 수 있는 것이 아닐까 싶다.

13. 머무르다 떠난다

아파트 옆 길가에 은행나무가 줄지어 서 있다. 매일 다니는 길이건만 오늘따라 길 위에 수북이 쌓여 있는 노란 은행잎이 눈에 들어왔다. 떨어진 은행잎을 보다가 고개를 들어 은행나무를 쳐다보았다. 이제 남아 있는 은행잎이 떨어진 것보다 적었다. 조금 더 시간이 지나면 저 은행잎도 모두 다 떨어져 버릴 것이다. 스산한 바람에 집으로 발길을 재촉했다.

오래도록 머물다 가기를 바랐다. 내게 왔던 그 모든 것들에게 그렇게 소원했다. 하지만 내가 바라는 만큼 오래도록 머물다 가는 것은 드문 듯하다.

모든 것은 생겨나서 어딘가로 가고 잠시 머무르다 때가 되면 그렇게 다시 떠나가는 것 같다. 내게 오는 것도 그런 것 같고, 나 또한 아마 그럴 것이다.

영원을 꿈꾼다는 것은 희망에 불과할 것이다. 이 세상에 영원한 것은 존재하지 않기에 희망이라는 말로 위안을 삼는 것이라는 생각이 든다. 우리는 아마 그 희망이라는 단어에 속아 그나마 살아가고 있는 것인지도 모른다.

노란 은행잎이 떠나가고 나면 조만간 또 다른 무엇이 찾아올 것이다. 아마도 얼마 지나지 않아 하얀 눈이 내릴 것이다. 그때엔 은행잎이 떠나간 아쉬움을 잊은 채, 하얀 눈을 반길 것이다.

모든 것은 그렇게 머무르다 떠나지만, 그 어딘가에 흔적은 남아 있을 것이다. 그것이 어떠한 모습이건, 오래도록 지워지지 않을 것이다. 그러한 흔적이 모여, 삶을 이루는 것이 아닐까 싶다. 아름다운 흔적도 있지만, 아쉽고 미련이 남는 것도 있을 것이다.

잠시나마 나에게 머무르고 있는 것을 사랑하려고 한다. 그것이 어떠한 것이든 상관하지 않으려 한다. 나에게 왔다는 것 자체가 엄청난 인연이라는 것을 알기 때문이다.

머무르다 떠나가는 것에 대해 미련을 가지지 않으려 한다. 내가 아무리 소원하고 바라더라도 그것은 나의 영역이 아니기 때문이다. 아쉽게 떠나갈지라도 그동안 머물렀던 것에 고마워하려고 한다.

집에 와서 생각해 보니 노란 은행잎 하나를 주워올 걸 하는 생각이 들었다. 내가 좋아하는 책 속에 넣어 간직하면서 올해의 은행잎의 흔적을 그렇게 기억하려고 한다. 올가을의 있었던 일들도 나의 마음속에 남아 있겠지만, 노란 은행잎과 함께라면 더 좋을 것 같다. 내일 퇴근하는 길에 은행잎 하나 주워오려고 한다. 아마 내일까지는 은행잎이 거리에 남아 있을 것이다.

14. 사소한 시비가 지옥을 부른다

아귀란 생전에 죄를 많이 지어 사후 아귀도에 떨어진 인간들의 혼이 변한 존재라고 한다. 이승에서 물질적으로나 정신적으로 탐욕스럽게 산 자가 아귀로 환생한다고 한다. 사실 아귀도가 있는지 환생이 가능한지 나는 잘 모른다. 하지만 우리가 살아가는 이곳이 지옥처럼 변할 수는 있다는 생각이 든다.

흔히 아귀다툼이라는 말을 한다. 서로 물고 뜯고 비난하다 보면 현실에서 그 사람들이 아귀가 되어 싸우고 있는 모습을 가리키는 것이 아닌가 싶다.

장아함경에 보면 자신의 이익을 추구하는 이기주의는 세상과 나를 분리된 객체로 인식하는 데 원인이 있다고 말한다. 이 세상에 완벽한 사람이 있을까? 자신이 생각하는 것이 항상 옳고 자신은 잘못이 하나도 없다고 생각하는 순간, 그는 아귀로 변할 가능성이 있다. 바로 이기주의의 시작이다. 다른 사람을 자신과는 분리된 객체로만 생각하기 때문이다.

이 세상은 오직 자신으로만 존재하는 사람은 없다. 우리 모두는 서로 이리저리 얽혀 살아가고 있을 뿐이다. 나 자신 또한 다른 사람의 영향에 의해 내 존재를 이루어 왔기에 현재의 내가 되었고,

다른 사람 또한 그 자신뿐 아니라 나를 포함한 다른 존재들의 상호작용으로 인해 오늘에 이르게 된 것이다.

모든 생각의 기준을 나로 잡는 순간, 아귀다툼의 순환으로 빠져들 수밖에 없을 것이다. 내가 보았을 때 타인의 조그마한 잘못이 크게 보이고, 이로 인해 그를 비난하고 미워하고 배척하고 거부하게 된다. 타인이 또한 그렇다면 이는 현실이 지옥문을 열어주는 계기가 되는 것이다.

사소한 시비는 증폭되어 점점 커지게 되고, 그러한 시비 다툼이 자신의 자존심과 타인에 대한 미움과 결합하여 아귀다툼이 되어버리고 만다. 누가 옳고 누가 옳지 않은지 따진다는 것은 그 기준에 따라 달라질 뿐이다. 자신이 기준이 된다면 자신 외에 모든 것은 옳지 않은 것이 되어버리고 말기에, 그러한 세상은 바로 지옥이 되고 만다. 나 스스로 나 자신을 지옥에 가두게 되며 수많은 시간을 그렇게 살아가게 된다.

사실 사소한 시비를 멀리서 바라본다면 그리 심하게 싸울만한 것이 되지 않는다. 나 스스로, 또한 타인도 마찬가지로 그것을 엄청난 것처럼 인식했을 뿐이다.

어떤 사람은 그 사소한 시비를 별것 아니라고 생각하여 그냥 받아들이고 넘기는 사람이 있는가 하면, 어떤 사람은 끝까지 그것을 따져 어떻게든 결단을 내려고 하는 모습이 바로 그러한 것을 증명하고 있는 것이다.

자신이 타인을 정죄한다면, 타인도 나를 정죄하게 된다. 다른 사람에게 오른쪽인 것이, 타인에서 바라보면 왼쪽이 되는 것이다. 누구는 그렇게 오른쪽을 왼쪽이라고 독설을 내뿜고, 다른 누구는 왼쪽이 오른쪽이라고 억지를 부리는 것이다.

사소한 시비가 삶을 커다란 아귀의 구렁텅이로 몰아넣을 수 있다. 이는 그냥 지나가면 아무것도 아닌 것을 스스로 아귀로 환생되기를 바라고 있는 것일지도 모른다. 그냥 넘어가도 되는 것을 스스로 그렇게 지옥문을 열어젖히고 마는 것이다.

아귀다툼은 서로에게 상처만 남길 뿐이다. 자신이 옳다고 아무리 주장해도 그것은 단지 자신의 생각일 뿐이다. 아직도 자신이 옳고 타인이 전부 잘못이라고 생각하고 있는가? 지옥을 경험하기 전에 어서 그것으로부터 자유로워져야 하지 않을까?

15. 내 안에 다른 사람이 있다

모든 것은 서로 연결되어 있는 것이 아닌가 싶다. 나는 다른 사람들의 영향을 받아 지금의 내가 존재하는 것이고, 그동안 살아오면서 나 또한 다른 사람에게 조금씩 영향을 주었던 것 같다.

다른 사람의 글을 읽으며 많은 것을 배운다. 그동안 나의 성장이 그것에서 비롯되었음을 부인할 수 없다. 다른 사람과의 관계에서 인생을 배운다. 나를 좋아하는 사람이건, 나를 싫어하는 사람이건, 나에게 기쁨과 행복을 주었던 사람이건, 나에게 아픔과 상처를 주었던 사람이건 그들에게서 삶의 한 모습을 배워왔다. 나 또한 다른 사람에게 조그마한 영향을 주었을지도 모른다. 모든 것은 그렇게 얽히고 얽혀서 오늘에 이른 것이 아닌가 싶다.

나는 오직 나만의 존재가 아니다. 내 안에 다른 사람이 분명히 존재하고 있다. 그러니 다른 사람을 미워해서는 안 될 것 같다. 나와 다르면 그냥 그대로 내버려 두는 것으로 충분하다. 타인이 가끔 나를 속상하게 할 수는 있지만, 그것으로 끝내고 그에 대한 미움의 감정으로 나아갈 필요는 없을 것 같다.

타인이 내 안에 있다면 그와 심한 논쟁을 벌일 필요도 없지 않을까 싶다. 그의 안에 내가 있기에 그에 대해 심하게 비난하는 것은 나 자신에게 비난하는 것과 마찬가지일 뿐이다.

어쩌면 우주는 그렇게 모든 것이 연결되어 있는지도 모른다. 사실 별의 기원을 생각해 본다면 바로 결론이 나온다. 어떤 한 별이 수명을 다해 죽게 된다면, 그 별의 잔해는 새로운 별이 탄생하는 근원이 된다. 비록 한 별은 죽었지만, 다른 별과 연결되어 새롭게 탄생하는 것이다. 무한히 큰 우주 공간에서도 그러한 일이 일어나거늘, 이 작은 지구 안에서 살고 있는 우리는 어쩌면 더욱 얽혀 있는 운명적 존재라 할 수 있을 것이다. 나란 존재는 다른 사람에게 영향을 받아 그의 일부가 내 안에 존재함으로써 과거의 나를 벗어버리고 새로운 나의 모습으로 되어가는 것이 아닐까 싶다.

직접적인 영향을 미치지는 않았더라도, 어떤 이가 다른 이에게 영향을 주고, 그가 또 다른 이에게 영향을 주고, 그렇게 돌고 돌아 그러한 영향이 나에게 온 것일 수도 있다. 나 또한 다른 이에게 영향을 주고, 그 다른 이가 또 다른 이에게 영향을 주어 내가 모르는 그 어떤 사람에게 나는 간접적으로 영향을 주었을 것이다. 그렇게 생각한다면 타인의 일부는 내가 될 수 있고, 나의 일부는 타인이라 할 수 있다.

내가 오늘 만나는 그 누구 안에 나의 일부가 있을 수 있다. 단지 나 자신이 인식하지 못할 뿐이다. 또한 내가 오늘 만나는 그 사람의 일부가 나의 안에 있는 것인지도 모른다. 그 또한 그것을 알지 못할 수도 있다.

그렇게 본다면 내 주위의 모든 사람을 인정하고 있는 그대로 존중할 필요가 있다. 만약 그렇지 못한다면 그의 안에 있는 내가 아픔을 느낄지 모르기 때문이다. 그런 이유로 오래전의 성인들이 다른 사람을 사랑하라고 했던 것일까? 물론 그것이 어렵겠지만, 가능하기에 그러한 말을 했을 것이라는 생각이 든다.

오늘 내가 만나는 그 누군가에게 내가 있다는 생각을 하니 만나는 모든 이에게 정성을 다해야겠다는 마음이 앞선다. 내 안에 다른 사람이 있다는 것이 어쩌면 나의 삶을 보다 더 행복하게 만들 수 있다.

16. 영원한 나그네

우리는 인생이라는 길을 가는 영원한 나그네일지 모른다. 어딘가에 마음을 두고자 하나, 그곳도 잠시일 뿐 영원하지 않다. 어딘가에서 피곤한 몸을 쉬고자 하나 그곳 또한 오래 머무를 수가 없다. 누군가에게 의지하고자 하나 그 또한 나와 오래도록 마음을 같이 하지는 못한다. 인생은 결국 나 혼자 정처 없이 걸어가야 하는 나그네의 운명일 수밖에 없다.

나그네 길을 가다 보면 비를 만나기도 한다. 어떤 경우엔 가랑비이기도 하지만, 어떤 경우엔 폭풍우를 만난다. 가랑비도 오래 맞다 보면 온몸이 젖기 마련이고, 폭풍우는 나의 생명에 위협을 주기도 한다. 내 한 몸 비를 피할 수 있는 곳이 있을까?

내가 가야 할 길이 뜨거운 태양이 내리쬐이는 사막일 수도 있고, 높고 험한 산일 수도 있으며, 일 년 내내 모든 것이 얼어붙어 있는 시베리아와 같은 동토일 수도 있고, 넓고 푸른 잔디가 덮인 초원일 수도 있다.

내가 생각하고 계획해서 가는 길일 수도 있고, 전혀 예상하지 못한 일이 일어나는 길일 수도 있다. 나의 선택이 어떠하건 나의 앞길에 무슨 일이 일어날지는 알 수가 없다.

나그네 길을 가기 위해서는 강한 내가 필요할 뿐이다. 영원토록 나와 함께 가줄 사람도 없고, 끝까지 믿고 의지할 수 있는 사람도 없다. 물론 어느 순간 나를 응원하고 격려하며 배려해 주는 사람이 있기는 하지만, 내가 걸어가야 하는 길을 처음부터 끝까지 함께 해주는 사람은 없다.

삶은 그래서 혼자다. 혼자임을 분명히 인식하고 그것을 당연히 여기며 모든 것을 나 스스로 해나가야 한다. 다른 존재를 기대하거나 의지하는 순간 강한 나로 태어나지 못한다.

모든 것을 내가 책임지고, 모든 것을 내가 행해 나가야 한다는 것을 마음속에 새기고, 나 자신이 나그네 길을 걸어 가야 한다는 운명을 스스로 받아들이는 것이 강한 나로 나아갈 수 있는 지름길이 아닐까 싶다.

그 운명을 받아들이는 순간, 전에 느꼈던 힘겨움이나 외로움이 사라질 수 있다. 누구를 의지하고, 누군가를 기대하고, 누군가에게 사랑을 받고 싶고, 누군가에게 인정을 받고 싶은 마음으로부터 자유로워질 수 있는 진정한 나그네로서 다시 태어날 수 있을 것이다.

나그네라 할지라도 외롭지 않을 수 있고, 힘겹지 않을 수 있고, 두렵지 않을 수 있을 것이다. 그 길을 다 걷고 난 뒤에 그동안 걸었던 길의 발자취를 되돌아보았을 때 나 스스로를 자랑스럽고 대견스럽게 생각되는 순간이 진정한 인생의 가치를 느낄 수 있는 시간이 되지 않을까 싶다.

17. 행복에 대한 소망

나는 오늘도 행복을 소망하고 있다. 내가 바라는 것은 그저 조그마한 행복이다. 물론 가슴 벅차게 밀려오는 커다란 행복도 좋겠지만, 그건 단지 욕심일 뿐이다.

그렇다고 해서 행복을 삶의 유일한 목표로 두고 있지는 않다. 만약 그렇게 한다면 그것을 이루기 위해 힘들게 노력해야 하기 때문이다. 노력이라는 것에는 희생이 따른다. 나는 이제 어떤 것을 희생해야 할 인생의 단계에 있지는 않다.

이제는 그저 소소한 것에 만족하는 것으로 족하다. 거창한 것을 바라지 않는다. 누군가를 기대하지도 않는다. 그 누구를 통해 행복을 얻으려 하지도 않을 것이다. 어떠한 일을 이루어 만족함을 느낄 마음도 없다. 오늘 하는 일 그 자체가 있다는 것이 행운이라는 생각이다.

별것 아닌 것에서도 행복을 느끼고 싶다. 보잘것없는 것에서도 만족함을 느끼고 싶다. 매일 하는 일상에서도 행복을 느끼고 싶다. 똑같이 반복되는 것에서 행복을 느끼고 싶다. 그것이 내가 바라는 행복에 대한 소망이다.

나에게 불행한 일이 다가와도 상관없다. 나를 힘들게 하거나 괴롭게 하는 일이 덮쳐와도 상관없다. 커다란 아픔이나 슬픔이 다가와도 상관없다. 그러한 가운데에서도 중심을 잡고 흔들리지 않는 마음을 가지면 어느새 다시 행복을 느끼는 순간이 올 것이기 때문이다.

누군가가 싫고, 누군가가 미워지더라도 그것으로 인해 나의 행복을 잃고 싶지도 않다. 그냥 그를 용서하고 잊는 것으로 나의 행복에 대한 소망의 끈을 놓지 않으려 한다. 어떠한 관계에게 나의 조그마한 행복을 빼앗길 수는 없다. 나에게는 행복을 느낄 시간마저 충분하지 않기 때문이다.

나는 행복에 대한 소망이 있기에 나에게 주어진 오늘 하루가 감사할 뿐이다.

〈행복의 얼굴〉

이해인

사는 게 힘들다고
말한다고 해서
행복하지 않은 것은 아닙니다

내가 지금 행복하다고
말한다고 해서
나에게 고통이 없다는 뜻은 아닙니다

마음의 문 활짝 열면
행복은 천 개의 얼굴로
아니
무한대로 오는 것을
날마다 새롭게 경험합니다

어디에 숨어있다
고운 날개 달고
살짝 나타날지 모르는
나의 행복

행복과 숨바꼭질하는
설렘의 기쁨으로 사는 것이
오늘도 행복합니다

18. 옳다고 생각하니 괴로움이 생길 뿐

내가 누군가와 이야기하고 있을 때 그 사람의 얼굴은 볼 수 있지만, 그의 뒷모습이 어떤지는 알 수가 없다. 뿐만 아니라 그 사람의 내면의 모습은 더욱 알기가 힘들 수밖에 없다. 대화를 하게 해주는 언어조차도 정확하게 서로를 이해하기 힘들게 하기도 한다. 상대가 생각하는 것이 언어가 매개가 되기는 하지만 나는 그와 생각하는 것과 다르게 생각할 수도 있다. 똑같은 단어와 문장이라도 서로 의미하는 것을 다르게 이해할 수도 있기 마련이다.

나는 아무리 가까운 사람이라고 할지라도 그 사람을 정확히 알기는 힘들다. 우리가 알고 있는 것은 그저 온전한 것의 일부일 뿐이다. 그 일부를 가지고 우리는 자신이 옳다고 생각하고 믿고 행동하는 것이다. 나 자신이 생각하는 것이 어디까지 옳은 것일까? 내가 확신하는 것조차 문제가 없는 것은 아닐까?

우리는 너무나 쉽게 모든 것을 판단하고 결정해 버린다. 잘 알지도 못하면서, 다른 이면의 모습이 어떠한지 알아보려는 노력도 하지 않은 채, 오직 자신이 생각하는 것을 전적으로 의지하고 확신하여 결정해 버리고 만다.

우리가 옳다고 생각하는 것이 정말 옳은 것일까? 그 옳고 옳지 않음의 기준은 어디에 근거하고 있는 것일까? 모든 것을 확실하게 할 수 있는 지식과 능력이 나에게 있는 것일까?

아마 그렇지 않을 것이다. 내가 옳다고 생각하는 것은 단지 나의 생각일 뿐, 옳지 않을 수도 있다. 내가 옳지 않다고 하는 것이 옳을 수도 있다.

시비를 다투는 것은 나의 욕심 때문에 생기는 것이 아닐까? 누가 옳은지 따져보는 것 자체가 문제가 있을 수 있다는 생각이 든다.

물론 그러한 것을 안 할 수는 없을 것이다. 하지만 그러한 것에 집착하게 된다면 당연히 그로 인한 괴로움이 따를 수밖에 없을 것이다.

옳고 옳지 않음은 내가 만들어냈거나, 상대가 만들어냈거나, 아니면 다른 이들이 만들어 낸 것이다. 그러한 것이 정말 옳은 것일까? 이 세상에 완전한 존재가 있을까? 그러한 존재가 있다면 모르겠으나 우리 모두는 불완전한 존재이기에 그로 인해 생각되고 만들어진 것은 불완전할 수밖에 없을 것이다.

불완전한 것을 근거로 생겨난 것을 옳다고 주장하고 애쓰고 노력한다면, 이에 따른 아픔과 괴로움이 존재하게 되고 우리의 삶에서 힘든 것들은 죽을 때까지 끊임없이 계속될 수밖에 없을 것이다. 한 번도 마음의 자유를 누리지 못한 채 그렇게 살아가기만 할 것이다.

옳고 옳지 않음을 잠시라도 떠나본다면 마음의 자유를 어느 정도 느낄 수 있을 것 같다. 그러한 순간을 더욱 늘려가다가 보면 시비를 떠나 다른 존재로부터 생겨나는 괴로움에서 벗어날 수 있지 않을까 생각해 본다. 나를 주장하지 않는 것이, 나의 뜻대로 모든 것을 하려고 하지 않는 것이 오히려 나에게 내적 자유를 주는 것이 아닐까 싶다.

19. 태양은 모든 것을 주고 돌려받지 않는다

어제는 비가 내리더니 새벽에 비가 그쳤다. 하늘을 바라보니 구름 한 점 없이 햇볕이 내리쬐고 있었다. 주위를 둘러보니 햇볕은 존재하는 모든 것에 있었다. 나무건 잔디이건 콘크리트 바닥이건 사람이건 그 모든 것에 햇볕은 있었다.

태양은 존재를 가리지 않고 그렇게 모든 것을 비추고 있다. 그 존재의 가치나 모습을 따지지 않고 고르게 자신의 에너지를 나누어 주고 있었다.

태양은 그렇게 모든 존재를 분별하지 않는다. 태양은 좋아하는 존재도 싫어하는 존재도 없다. 어떤 존재에게 햇볕을 줄지, 어떤 존재에게는 햇볕을 주지 않을지 생각도 하지 않는다. 그저 존재하는 모든 것에게 자신을 나누어 줄 뿐이다. 경계도 없이, 구별도 없이 그렇게 자신을 내어주기만 할 뿐이다.

우리도 주위의 존재를 분별하지 않으면 좋을 것 같다. 그렇게 한다면 그 어떤 특정한 대상에게 집착하거나 연연하지 않을 것이다. 내가 특별히 좋아하는 것에는 모든 것을 주고 그렇지 않은 것에도 아무런 관심을 주지 않으니 나중에 그 특별한 존재로 인해 더욱 커다란 아픔과 힘든 일이 생기는 것인지도 모른다.

태양은 자신을 그렇게 주지만 돌려받는 것은 하나도 없다. 지구상의 그 어떤 존재도 태양으로부터 에너지를 받았다고 해서 자신의 에너지를 태양에게 돌려주지는 않는다. 그것이 당연하다고 생각하는지는 몰라도 태양은 그것에 대해 아무런 불만도 원망도 하지 않는다.

우리는 살아가면서 너무 많은 생각을 하는 것 같다. 내가 누군가에게 무엇을 했다면 그가 나를 위해 무언가를 해주기를 기대한다. 그러한 생각이 존재 그 자체에 나 자신을 투입하기 마련이다. 그러한 투입이 나에게 돌아오지 않으면 우리는 그 사람에게 실망하고 속상해하고 원망하며 불만을 갖게 된다.

만약 그렇더라면 처음부터 그 누구에게 아무것도 해주지 않는 것이 나을지 모른다. 아무것도 주지 않았으니 아무것도 받을 일이 없고 그로 인해 속상하거나 마음 아파할 필요가 없을 것이다.

그 사람이 나에게서 어떠한 것을 원한다고 해도 그냥 주지 않으면 된다. 그 사람에게 내가 무엇인가를 주면 나도 무엇인가를 받아야 좋은데 아무래도 받을 것 같지 않으니 나는 아무것도 주지 않겠다고 말하면 된다. 비록 그가 서운하다고 하더라도 내가 주지 않는다고 하여 그 사람이 나에게 해코지나 피해를 입히지는 않을 것이다.

그 사람에게 무언가를 주거나 주지 않는 것은 전적으로 나의 선택이기에 그에 따른 결과 또한 나의 책임일 뿐이다. 주고 나서 후회하느니 차라리 아무것도 주지 않는 것이 서로를 위해 나을 것 같으면 그러한 선택을 하면 된다. 너무나 단순하고 명료한 선택인데도 불구하고 그것을 하지 못한다면 그것은 나의 잘못일 뿐이다.

태양처럼 모든 것을 주고서도 아무것도 돌려받지 않더라고 아무 문제가 없다는 마음으로 줄 수는 없는 것일까? 내가 주었으니 어떤 형태라도 일부는 돌려받아야 되는 것일까? 왜 주고 나서 후회를 하고 있는가? 내가 주었는데 왜 그것에 대해 다른 사람을 원망하는 것인가?

내가 무언가를 그 사람에게 주었다면 그 순간 아무 생각도 하지 않고 잊어버리는 것이 나을지도 모른다. 모든 것을 주고 하나도 돌려받지 않은 채 내일도 모레도 영원히 우리에게 자신의 에너지를 내어주는 태양같이 아무 생각 없이 살아가는 것이 현명한 것이라는 생각이 든다. 태양은 아직도 그 모든 존재에게 햇볕을 나누어 주고 있다.

20. 무엇 때문에 싸우는 걸까?

우리는 여러 가지 일들로 인해 주위 사람들과 싸우곤 한다. 지나고 나면 별것도 아닌데 마치 생사가 걸린 것처럼 치열하게 싸우기도 한다. 그 싸움의 원인을 객관적으로 살펴보면 그것이 존재 그 자체보다 중요한 것은 아마 없을 것이다.

물론 싸우는 이유가 있어서 싸우기는 하겠지만, 우리가 하는 생각이 어찌 보면 가장 중요한 원인이 되는 것이 아닐까 싶다. 내가 하는 생각이 꼬리에 꼬리를 물고 일어나서, 시작은 정말 미미한 것이었는데 생각하는 시간이 지나면서 거대한 폭풍우처럼 싸우게 되기도 한다.

누군가와 싸워서 얻는 것도 분명 있을 것이다. 하지만 시간이 지나면 그것도 언젠가는 사라져 버린다. 힘들게 싸워 얻었지만, 영원할 수가 없다. 그렇게 싸우다 잃어버린 그 사람은 아무리 시간이 지나도 돌아오지 않을 것이다.

싸우는 것은 목적이 있기 때문인데 그 목적이 나에게 중요한 것일까? 그 사람과 완전히 인연을 끊어도 좋을 만한 그러한 가치가 있는 것일까? 싸움이 시작된 원인이 한 사람의 존재보다 더 중요한 것이었던가?

싸움을 하는 이유는 내가 정당하다고 생각하기 때문인데, 이 세상에 100% 정당한 것은 존재하지 않는다. 본인이 그렇게 생각할 뿐이다. 양쪽 모두에게 어느 정도의 책임은 분명히 있다. 물론 한쪽이 조금 더 잘못이 있을 수는 있지만, 그 어떤 경우에도 내가 전적으로 옳고 상대가 완전히 옳지 않은 경우는 없다.

만약 내 잘못은 하나도 없고, 상대에게 모두 잘못이 있다고 생각하고 있다면 자신이 옳다고 생각하는 그 확신이 가장 큰 싸움의 이유였을 가능성이 클 것이다. 자신이 옳다고 생각할수록, 자신에게 잘못이 없다고 말할수록 그 사람의 책임이 더 클 수 있다. 왜냐하면 그 모든 것을 제삼자의 입장에서 볼 수 없기에 그런 생각을 하는 것일 수 있기 때문이다.

가까운 사람일수록 거리를 두어야 하지 않을까 싶다. 오래도록 친했기 때문에 아무리 싸워도 더 멀어지지 않을 것이란 생각은 착각일 뿐이다. 싸움은 어쨌든 양쪽 모두에게 상처로 남아 치유되기 힘들 수밖에 없을 것이다. 만약 누군가와 싸우겠다고 생각하면 그 사람과 아예 인연을 끊을 생각을 하고 싸우는 것이 현명할지도 모른다. 아니면 아예 싸우지 말고 먼저 인연을 끊어 버리는 것이 나을지 모른다. 그렇게 하면 차라리 마음고생이라도 하지 않을 것이다.

싸우고 나서 오랜 시간이 지나면 자기 잘못을 그때 가서야 깨달을 수 있다. 그때 가면 후회를 할 수 밖에 없을 것이다. 자신이 지금 생각하는 것이 아무리 옳다고 할지라도 시간이 지나면 자신의 생각에 잘못이 있었다는 것을 알게 될 것이다.

만약 싸울 것 같다면 아무런 생각도 하지 않거나, 아니면 생각을 아예 멈추어 버리는 것이 현명할지도 모른다. 시간이 어느 정도 지나면 차라리 생각을 멈추어 버린 것이 정말 현명했다는 것을 느낄 수 있지 않을까 싶다. 생각의 멈춤은 싸움의 원인과 목적을 모두 흡수해 버리는 커다란 힘이 있는 것 같다.

21. 취하지도 버리지도

모든 존재는 실체가 없는 것 같다. 어떤 것이든 변하기 나름이며 고정되어 있지 않기 때문이다. 내가 누군가를 좋아하는 마음도 변하는 것 같다. 그렇게 좋았었는데, 어느 정도 시간이 지나면 싫어지기도 하고 심지어 미워하고 증오하기도 한다. 정말 내가 예전에 그렇게 좋아했었던 사실조차 믿어지지 않을 정도가 되어버리기도 한다. 상대도 마찬가지일 것이다. 내가 좋아했던 그 사람도 예전에 나를 좋아했고, 지금 내가 그 사람이 싫어졌다면 그 사람 또한 나를 싫어하고 있을 수 있다. 이 모든 것은 누구 탓이라고 하기보다는 존재의 본질적 속성이 아닐까 싶다. 이 세상에 변하지 않는 것은 없다.

좋고 싫음은 나의 괴로움의 원인이 될 수 있다. 좋은 것이야 문제가 없다고 생각하면 안 된다. 그 좋은 것이 나중에 싫은 것으로 변한다면 그것이 훨씬 더 커다란 아픔을 줄 수 있기 때문이다. 나와 별로 상관없는 사람으로부터 받는 상처는 며칠 지나면 잊어버릴 수 있지만, 내가 진심으로 좋아했던 사람에게 받는 상처는 평생을 갈 수도 있기 때문이다.

좋고 싫음에 너무 집착하니 이러한 현상이 생기는 것이라 생각된다. 존재 그 자체로 만족해야 하는데 우리는 그렇게 하지 못하고 있는 것이 현실이다. 내가 좋아하는 사람에게 더 많은 애착을 가지고 있으니 피할 수 없는 것일지도 모른다.

내가 상대를 좋아하는 마음이 언젠가는 변할 수 있다는 것, 상대가 나를 좋아하는 마음도 언젠가는 변할 수 있다는 것을 인식해야 하지 않을까 싶다.

마음뿐만 아니라 존재 그 자체도 변할 수 있다. 예전에 내가 오늘의 내가 아니고, 오늘의 내가 내일의 내가 아닐 수 있기 때문이다. 그렇게 변하는 존재를 거부한다면 이는 나에게 아픔과 괴로움만 주게 될 수 있다.

좋아한다고 해서 취하려 하지 말고, 싫어한다고 해서 버리려 하지 말아야 할 것이다. 좋고 싫음은 언제든지 변하며 그것이 존재 그 자체의 본성이기에 취하고 버리는 것은 나의 온전한 주관에 따른 존재로부터의 자유를 스스로 잃게 만드는 길이 될지도 모른다.

존재로부터의 자유는 그 존재로 인해 나의 마음의 좋고 나쁨을 벗어나는 것이라 생각된다. 좋고 나쁨의 경계를 스스로 구별 짓지 말고, 나 스스로 만든 경계에 구속되지 말아야 어떤 존재로부터 속박되지 않는 진정한 내적인 자유를 누릴 수 있지 않을까 싶다.

어떤 것을 취하지도 버리지도 않는 것이 진정한 존재로부터의 자유를 얻는 길이기에, 만약 그것이 가능해진다면 나는 내 주위

의 어떤 존재로부터도 마음의 아픔과 상처를 입지 않게 될 것이
라는 생각이 든다.

22. 그만 기다리기로 합니다

우리는 많은 것들을 기다리며 살아가고 있다. 누군가 오기를 기다리고, 좋은 소식이 들리기를 기다리며, 내가 바라던 일이 이루어지길 기다린다. 하지만 그렇게 기다리는 것들이 우리에게 전부 오는 것은 아니다. 아무리 기다려도 오지 않는 것은 오지 않는다. 평생을 기다리며 사는 것은 어쩌면 불행한 인생이 될 수도 있다.

그 소식이 언젠가는 오리라 믿었다. 오래도록 그 소식만 기다리며 살았다. 다른 그 어떤 것도 바라지 않고 정말 마음 졸이며 기다렸던 것 같다.

하지만 아무리 기다려도 그 소식은 오지 않았다. 이제 남아 있는 시간이 얼마 남지 않았는데 오지 않을 소식에 두려움까지 느껴졌다. 그토록 기다리기만 했는데 그것이 나에게 오지 않는다면 나의 삶은 어떻게 되는 것일까?

아무리 기다려도 오지 않을 것이란 사실을 알게 되었다. 그 오랜 시간 기다리기만 했는데, 오지 않을 것을 기다린 것에 불과했던 것이다. 기다렸던 그 시간은 나에게 어떤 의미였던 것일까? 나는 왜 그것만을 바라고 기다리며 나의 그 소중한 시간을 허비했던 걸까? 오지 않을 것이란 사실을 알았더라면 기다리지나 않았을 것을. 그 기다림으로 가득 찬 그동안의 삶은 누가 보상해주는 것일까?

오지 않을 것은 기다리지 말아야 한다. 올 것인지 오지 않을 것인지 생각지도 말아야 한다. 올 것이라면 언젠가는 올 것이고, 오지 않을 것이면 아무리 기다려도 오지 않는다. 나의 삶을 살아가다 그것이 오면 만족하고 오지 않아도 실망할 필요가 없다. 우리의 삶은 무언가를 오래도록 기다리기에는 너무나 짧을 수밖에 없다.

그것이 오지 않는다고 하여 나의 인생이 크게 달라지는 것은 아니라는 사실을 깨달았다. 모든 것은 마음먹기에 달렸다는 것을 이제야 알게 되었다. 물론 그토록 기다리는 것이 오면 너무 기쁠 것은 당연하다. 하지만 그것을 기다리다가 다른 것을 잃어버릴 수도 있다. 오지 않을 수도 있다는 생각으로 마음을 내려놓는 것이 어쩌면 오늘을 살아가는 지혜가 아닐까 하는 생각이 든다.

이제는 기다리지 말아야겠다는 생각을 한다. 그동안 기다린 것으로 충분하다는 내면의 목소리를 듣기로 했다. 아무리 기다려도 오지 않을 것은 오지 않는다는 엄연한 현실을 이제 받아들이기로 했다. 기다리던 것이 나에게 오지 않는다고 해서 나의 삶이 어떻게 되지 않을 것이다. 지금 있는 것으로 충분하다는 마음을 먹는다면 기다림의 아픔과도 작별할 수 있을 듯하다.

23. 상처

상처는 누구나 있기 마련이다. 이 세상에 상처 없는 사람은 없다. 가벼운 상처도 있지만 깊은 상처도 있으며, 그리 친하지 않은 사람에게 받은 상처도 있지만 아주 가까운 사람한테 받은 상처도 있다. 커다란 파도가 덮친 듯한, 내가 어쩌지 못하는 운명에 의한 상처도 존재한다. 금방 아무는 상처가 있는 반면, 아주 오래도록, 어쩌면 평생동안 계속될 그러한 상처도 있다. 나에게 소중한 사랑하는 사람에게 받은 상처도 있고, 내가 미워하는 사람에 의한 상처도 있다. 상처 없는 인생을 살아간다는 것은 아마 불가능할 것이다.

누가 와서 나의 그러한 상처를 치유해주면 좋으련만 우리에게 그런 것은 존재하지 않는다. 물론 위로를 해주고 격려를 해주는 사람이 있어 어느 정도 아픔을 잊을 수는 있지만, 정작 나의 상처를 치료하는 사람은 오직 나밖에 없는 것 같다. 아무리 가까운 사람도 나의 아픔을 대신해 주지 않으며, 어느 정도 동정과 이해를 해주기는 하지만 완전히 나의 상처를 치유해주지는 않는다.

누가 나에게 상처를 주는 것은 나의 잘못일 수도 있다. 돌이켜 생각해보면 나도 그에게 상처를 주었는지도 모른다. 가만히 회상

해보면 내가 받은 상처보다 다른 이에게 준 상처가 더 많을 수도 있을 것이다. 내가 그에게 준 상처를 알고 있는 것도 있지만, 내가 모르는 것도 아마 있을 것이다. 평생 살아가면서 상처를 받지 사람도 없지만, 상처를 주지 않는 사람도 없을 것이다. 나는 누구에게 얼마나 많은 상처를 주었던 것일까? 나는 다른 이에게 준 상처를 얼마나 알고 있는 걸까?

예전에 목욕탕에서 넘어져 갈비뼈 두 개가 부러진 적이 있었다. 보통 뼈가 부러지면 정형외과에 가서 엑스레이를 찍어 본 후 깁스를 하는 것이 보통이다. 그날도 병원에 가서 엑스레이를 찍어 보니 왼쪽 갈비뼈가 부러진 것을 알 수 있었지만, 깁스를 하지는 못했다. 갈비뼈는 부러져도 깁스를 하지 못한다는 것을 그때 알았다. 생각해보면 옆구리 전체에 깁스를 할 수 없는 것은 아마 당연할 것이다. 깁스를 하지 않았으니 숨을 쉴 때마다 갈비뼈가 움직일 수밖에 없었고 통증은 쉽게 가라앉지 않았다. 진통제를 먹고 출근을 할 수밖에 없었다. 숨 쉴 때마다 느껴지는 통증이 2주 이상 계속되었던 것 같다. 그 경험이 있었기에 갈비뼈 부러진 이들의 고통을 어느 정도는 잘 안다.

내가 아픈 만큼 다른 사람이 아프다는 사실은 어쩌면 당연할 것이다. 나에게 상처가 있는 만큼 다른 이도 상처가 있는 것 또한 당연한 일이다. 내가 상처를 받은 만큼, 나 또한 다른 이에게 상처를 주었다는 것도 어김없는 사실이다. 내가 받은 상처는 알고 내가 다른 이에게 상처를 준 것을 모른다는 사실은 자기 자신을 잘 모르는 것일 수밖에 없다.

내가 그 누구에게 상처를 주었다는 사실을 인식하는 것이 어쩌면 나의 상처를 치유받을 수 있는 길이 될지도 모른다. 나의 상처는 아파하면서도 내가 다른 사람에게 준 상처는 얼마나 미안해하고 있는지도 물어보아야 할 것이다.

그러한 과정이 끝나고 나서 나 자신의 상처를 스스로 치유할 수 있도록 노력해야 할 것 같다. 남의 상처를 모른척 한 채 나의 상처만 들여다본다고 해서 그것이 나아질 것 같지도 않다. 내가 아픈 만큼 그 사람도 많이 아팠을 것이기 때문이다.

이 세상에서 손에 때묻지 않은 사람은 없다. 누구나 다른 이에게 상처를 주고 상처를 받아가며 살아가는 것이 아마 인생이 아닐까 싶다. 내가 받은 상처의 크기보다 다른 이에게 준 상처의 크기가 클 수도 있고, 그 반대일 수도 있겠지만, 이제 더 이상 다른 이에게 상처를 주지 않으려 노력하는 것이 나 자신이 받은 상처를 조금씩 치유할 수 있는 길로 가는 것이 아닐까 싶다.

따라서 나 자신의 상처를 치유하기 위한 제일 좋은 방법은 나 자신에 대해 잘 아는 것이다. 이제 더 이상 다른 이에게 상처를 주지 않으려 노력하는 것이 내가 그동안 받았던 상처를 치유할 수 있는 하나의 방편이 될 수도 있을 것이다. 다른 사람의 아픔을 나의 아픔이라 생각하고 더 이상 다른 이에게 아픔을 주지 않으려 노력하는 것이 앞으로 나에게 지나간 것과 같은 상처를 받지 않는 방법이 될 수도 있을 것이다.

언젠간 나의 상처로부터 자유로운 시간이 올 것이다. 또한 다른 이에게 더 이상 상처를 주지 않는 그러한 시기도 올 것이다. 원하던, 원하지 않던, 내가 받은 상처는 내가 치료해야 한다는 마음으로 나의 상처를 돌아보고 스스로 치료하겠다는 의지가 그 시기를 앞당길 것은 확실하다. 모든 상처로부터 자유로울 수 있는 그러한 때가 오는 것도, 내가 더 이상 다른 이에게 상처를 주지 않는 것도, 오직 나에게 달려있는 것이 아닐까 싶다.

24. 아직 나에게 남아있는 것

많은 것을 잃어버렸을지라도 나에겐 아직 남아있는 것이 있다. 소중한 사람이 떠나갈지라도 나에겐 아직 남아있는 것이 있다. 믿었던 사람에게 배신을 당할지라도 나에겐 아직 남아있는 것이 있다. 어떠한 일이 생기더라도 나에게 영원히 남아있는 것이 있다. 그것은 바로 나 자신이라는 것이다. 내가 이 땅에 두 발로 서 있는 이상, 그 모든 것이 다 사라지더라도 실망할 필요가 없다. 나 자신만 있으면 내가 할 수 있는 것, 또한 있기 마련이다. 나의 살아있음을 느낄 수 있는 것이 다시 생길 것이다.

다른 존재를 의지하는 것이 힘이 될지는 모르지만, 어느 순간에는 괴로움이 되기도 한다. 다른 존재를 바라고 기대하는 것이 즐거울 수 있지만, 어느 순간 아픔이 되기도 한다. 그저 다른 존재는 있는 그 자체로 충분하다. 그 이상을 원하는 것은 나의 욕심일 뿐이다. 나에게 소중한 존재라 할지라도 영원히 나와 함께 하는 것은 아무것도 없다. 오직 나의 시작과 끝은 나일 뿐이다.

나에게 어떠한 존재가 왔을지라도 어느 정도 함께 하다가 때가 되면 떠나기 마련이다. 그 존재가 떠나고 나면 또 다른 존재가 오고, 그러한 일들의 연속이 삶일 수밖에 없다. 내가 아무리 원하지 않는다고 하더라도 떠나갈 것은 떠나가고, 잃어버리는 것은 잃어버리고, 사라지는 것은 사라진다.

물론 오래도록 함께하는 것도 있는 것이 사실이나, 어느 순간 갑자기 그 존재가 떠날지는 알 수가 없다. 나에게 모든 것이 떠났다고 해도 나에게 남아있는 것이 있기에 다시 힘을 내야만 한다. 나 자신을 위해서, 그리고 떠나간 모든 것들을 위해서도 아무런 의미 없이 보내는 시간은 부끄러운 일이 될 수밖에 없을 것이다.

조금만 아파하는 것으로 충분하다. 그래도 남아있는 것이 있기에, 그 남아있는 것을 위해 살아가야 할 이유는 많다.

나의 모든 것을 휩쓸어 버리는 커다란 그 무엇은 존재하기 마련이다. 하지만 남아있는 것을 위해, 아직 나 자신은 여기 있기에, 떠나가 버린 것은 마음에서 내려놓고 다시 출발선에 서야 한다. 그것이 진정 영원히 나의 곁에 남아있는 나 자신을 사랑하는 것이라 생각된다.

25. 옛날로 돌아갈 수는 없다

아름다운 시절이 있었다. 온 천지가 흰 눈으로 덮인 것과 같은 그런 순수한 시절이었다. 아마 세상을 몰랐기에 그럴 것이다. 많은 것을 경험하지 않았고 밝은 미래와 꿈을 간직하고 있었기에 아름다웠을 것이다.

누군가를 만나면 가슴이 뛰고 기대에 부풀었던 시절이었다. 가만히 방안에 누우면 구름 위를 떠다니는 듯한 착각도 들었다. 우리 모두에게는 그런 순간들이 있었다.

더 나은 미래를 위해 그렇게 살았다. 노력하면 푸른 꿈이 실현되리라 믿었다. 노력만큼 좋은 결과는 아니어도 어느 정도는 이룰 수 있을 거라 확신했다.

순간순간 최선의 선택이라 믿고 길을 걸어왔다. 그 길이 비록 험하고 어려워도 고비만 넘기면 된다고 생각했다. 땀이 비 오듯 흘러도, 다리에 경련이 일어나도 참고 또 참으며 그렇게 고개를 넘어왔다. 중간에 잠시 쉬면서 마시는 물은 가슴 한가운데를 터놓는 듯 너무나 시원했다. 푸른 산 위에 걸쳐진 하얀 구름은 보기만 해도 멋있었다.

그 시절이 너무나도 그립다. 지금 여기 이곳을 떠나 그때 그곳으로 가고만 싶다. 내일 당장이라도 갈 수만 있으면 얼마나 좋을까?

가슴 뛰는 그 순간들이 얼마나 소중했던 것인지 말할 필요도 없을 것이다. 꿈을 꾸며 하루를 보냈던 그 시간들이 얼마나 아름다운 것인지 다시 한번 느낀다.

하지만 지금의 내 모습을 보며 불가능하다는 것을 다시 한번 깨닫는다. 시간은 미래로만 흐를 뿐 되돌릴 수가 없다. 나의 잘못도 돌이킬 수가 없고, 내가 걸어온 길도 다시 걸을 수가 없다. 내가 한 선택도 이미 끝나 버렸다. 한없이 많이 남아있을 것 같은 시간도 어느새 이렇게나 많이 지나가 버렸다. 치열하게 살았건만 이루어 놓은 것도 별로 없는 것 같아 마음이 아플 뿐이다.

그 시절로 돌아갈 수 없다는 것을 너무나도 잘 아는데, 왜 이리 그리운 것일까? 다시 주어진다고 해서 더 나은 선택과 더 나은 모습이 될 것 같지도 않은 데 왜 이리 아쉬운 것일까? 마음을 내려놓으려 해도 잘되지 않는 것은 무슨 이유일까? 현재를 열심히 산다고 해도 그때가 더 아름답게 느껴지는 것은 어째서일까?

생각은 마음을 따라가지 못하는 것 같다. 아무리 노력을 해도 마음이 앞서는 것은 어쩔 수가 없나 보다. 그래도 아름다운 순간이 있었다는 것, 가슴 뛰던 날들이 있었다는 것으로 만족해야 하는 것일까?

무더운 여름이 이제는 가고 가을이 서서히 다가온다. 가을이 그리 기대되지 않는 이유는 지나간 시절의 그리움 때문인 것일까?

26. 반복이 돼도 상관없다

'파사칼리아'는 느린 3박자로 변주곡 형식을 취한다. 저음 선율의 반복을 중심으로 하는 것이 특징이라 할 것이다. 같은 멜로디로 변주를 하든, 저음 선율을 반복하든 그것은 문제가 되지 않는다. 아름다운 선율이 마음에 와닿기 때문이다.

우리의 삶은 반복의 연속이다. 아침에 일어나 씻고 식사를 한 다음 일하러 간다. 동료를 만나고 비슷한 일을 매일같이 하며, 점심을 먹고, 다시 일을 하다가 피곤에 지친 몸으로 집으로 온다. 집에 오면 어제와 비슷한 일들이 반복된다. 그러다 잠이 들고 다시 아침이 되어 다시 반복되는 일상을 살아간다.

때로는 일탈을 하고 싶기도 하지만 그런 용기를 가지는 것조차 사치일 수 있다는 것을 잘 안다. 어제와 같은 오늘, 오늘과 같은 내일이 있을 뿐이다. 매일이 즐겁고 행복하지는 않다. 오히려 더 힘들고 지겹고 답답하기만 하다.

파사칼리아가 변주곡이고 반복적 선율일지라도 마음에 와닿는 이유는 무엇 때문일까? 그것은 아마도 그 곡에 작곡한 이의 인생이 오롯이 담겨 있기 때문이 아닐까 싶다. 헨델의 인생이, 할보르센의 삶이 이 곡에 내재하기 때문일 것이라는 생각이 든다. 음악이나 예술은 그것을 만든 사람의 마음이 온전히 들어 있을 수밖에 없다.

매일 비슷한 일을 해야 하는 것은 바로 변주와 같을 것이다. 일상이 반복되는 것 또한 마찬가지이다. 반복되는 일상이 나의 삶을 만드는 것이라는 생각이 든다. 그러한 하루를 아름답게 만드는 것은 오직 나에게 달린 것이 아닐까 싶다. 비슷한 일을 반복해야 하지만, 그것에서도 아름다움과 즐거움 그리고 행복을 느낄 수도 있을 것이다.

오늘도 나는 어제와 비슷한 삶을 살았다. 별 특별한 일도 없었고, 가슴 뛰는 일도 없었다. 하지만 그런 가운데에서 마음만은 편안할 수 있기를 바랐다. 나 혼자만이라도 아름다운 순간이 있기를 기도했다.

헨델의 파사칼리아를 할보르센이 편곡한 것은 원래 바이올린과 비올라의 듀엣으로 편곡한 것이다. 하지만 피아노 솔로로 연주하는 것도 아름다운 것 같다.

27. 삶은 무한한 반복일지도

예전에 다람쥐를 집에서 키웠던 적이 있었다. 분양을 받아 정성껏 돌보아 주었다. 하루일과를 마치고 집으로 돌아오면 저녁을 먹은 후 다람쥐를 바라보는 것이 너무 즐거웠다. 다람쥐가 사람의 말을 이해하면 얼마나 좋을까, 다람쥐와 소통을 할 수 있으면 얼마나 좋을까 하는 생각을 한 적이 있었다.

온몸이 갈색인 보드라운 털과 뚜렷한 줄무늬, 나를 바라보는 눈빛을 지금도 잊을 수가 없다. 다람쥐는 쳇바퀴에서 노는 것을 엄청 즐겼다. 무엇을 하다가도 심심하면 쳇바퀴에 올라타 한없이 돌리곤 하였다. 얼마나 오래도록 쳇바퀴를 돌리나 관찰을 하기도 했는데, 정말 끝없이 돌리는 것이었다. 지치지 않나 궁금하기도 하고, 지겹지는 않을까 하는 생각에 한없이 쳐다보았다. 다람쥐는 그 쳇바퀴를 매일 수십 번씩 탔고, 한번 올라타면 오래도록 계속해서 쳇바퀴 위에서 놀았다.

프리드리히 니체의 〈즐거운 지식〉에 보면 다음과 같은 말이 나온다.

“어느 날 오전 또는 어느 날 저녁 악마가 몰래 당신의 가장 고독한 고독 속에 들어와 ‘당신이 지금 살고 있거나 지금까지 살아온 삶을 다시 한번 더 살아야 하며 또 앞으로도 수없이 반복해야 한다. 그리고 삶에 새로운 일은 전혀 일어나지 않지만, 당신의 삶 속에서 겪었던 사소하거나 중대했던 모든 고통과 기쁨과 모든 생각과 모든 한숨과 모든 것들을 원래 시간 순서대로 다시 경험해야 한다. 영원한 존재의 모래시계를 계속해서 뒤집어야 하며 이런 일을 겪어야 할 당신은 티끌에 지나지 않는다'라고 속삭인다면 당신의 기분은 어떨까?"

니체는 우리의 삶이 무한히 반복될 것이라는 사실을 알면 기분이 어떨지 물어보고 있다. 지나온 과거뿐만 아니라 앞으로 주어질 미래도 과거와 똑같은 일들이 일어나고 반복된다면 우리는 그것을 좋아할까? 아니면 결코 그러한 일들이 일어나지 않기를 바랄까?

우리의 삶도 다람쥐가 쳇바퀴 도는 것과 별반 다를 것이 없다. 어제 했던 일과 비슷한 일을 오늘도 한다. 그렇게 시간이 흘러 십 년 이십 년이라는 세월이 흘러간다. 조금씩은 다르지만 우리가 하는 매일의 일은 그리 새롭지 못하다.

우리가 만나는 사람도 거의 비슷하다. 물론 새롭게 만나는 사람도 있지만 그런 사람은 스쳐 지나갈 뿐이다. 특히 가족의 경우 매일 똑같은 얼굴을 대한다. 가까운 친구나 동료들 역시 거의 비슷하다. 우리의 인생이나 다람쥐의 인생이 큰 차이가 있는 것 같지는 않다. 다람쥐뿐만 아니라 다른 생명체도 마찬가지이다.

우리의 일주일 생활의 패턴을 보아도 마찬가지이다. 월화수목

금토일, 다시 월화수목금토일, 그렇게 한주가 지나면 다시 한 달이라는 세월이 반복된다. 1일, 2일, 3일, ... , 29일, 30일, 다시 1일부터 시작해서 30일이 반복된다. 그렇게 한 달이 지나고 1년이 되고, 1년이라는 세월도 반복이 되어 지금 우리의 나이가 되었다.

삶은 반복의 연속일 수밖에 없다. 매일 아침 일어나 세수를 하고 밥을 먹고 일을 하고 집으로 돌아와 씻고 저녁을 먹고 자고 다시 아침이 되고, 이러한 무한 반복의 세월이 인생일 수밖에 없다.

우리는 이러한 반복에서 어떤 삶의 의미를 찾을 수 있는 것일까? 매일 지겨운 일들을 해야 하고, 매일 별로 좋아하지 않는 사람을 부딪치며 살아가야만 하는 것일까? 우리는 얼마나 반복되는 일상과 내가 대하는 사람들로부터 즐거움과 행복을 느끼고 있는 것일까?

우리는 이러한 무한한 반복을 피할 수 없을 것이다. 그것이 어쩌면 삶의 본질일지 모른다. 새로운 일들이 가끔은 일어나지만, 그것이 삶 자체는 아닐 것이다. 이러한 과정에서 우리의 선택이 중요하지 않을 수 없다.

우리에게 있어서 성공적인 인생이란 한없이 주기적으로 반복되는 삶에서 나 자신의 삶을 긍정적으로 생각하는 것이 아닐까 싶다. 매일 일어나는 반복적인 삶을 자랑스럽게 여기는 것이 현명한 선택이 아닐까 한다.

오늘 하루가 지나간다. 내일도 오늘과 별 차이가 없을 것이다.

오늘 내가 대했던 사람이 있다. 내일도 특별한 새로운 사람을 만날 것 같지는 않다. 비록 그러한 것들이 무한히 반복되더라도 긍정적인 사람과 부정적인 사람의 삶은 분명히 차이가 있을 것이다.

내가 키웠던 다람쥐는 매일 수도 없이 쳇바퀴에 올라타고 놀아도 그것을 지겨워하는 것 같지는 않았다. 당연하다는 듯이 나를 바라보며 즐겁게 쳇바퀴를 돌리는 다람쥐의 모습이 아직도 기억에 생생하다. 그렇게 몇 달을 나에게 기쁨을 준 다람쥐는 어느날 갑자기 세상을 떠났다. 다람쥐의 인생의 전부가 그것이었다고 해서 허무한 생은 아니었다고 확신한다. 내가 키우던 다람쥐는 쳇바퀴를 매일 돌리며 나름대로 자신의 삶을 즐겁게 보냈다고 생각된다.

28. 미워하지는 않겠습니다

예전에 누군가에게 오해를 받은 적이 있었다. 나름대로 최선을 다해 설명했으나 나의 언어는 거울에 반사되듯 튕겨져 나올 뿐이었다. 더 이상 설명하는 것이 오히려 변명하는 것 같아 그만두고 말았다.

오래전 누군가에게 무시를 당한 적이 있었다. 누구나 단점은 있기 마련인데 내가 아파하는 그곳에 유난히도 커다란 상처를 주었다. 그 상처는 영원히 아물 것 같지 않았고 더 이상 그를 대하기가 두려웠다.

살아가다 보니 억울한 일을 당한 적도 많았다. 그런 일이 왜 나에게 일어나는지 알 수 없는 채로 지낼 수밖에 없었다. 화가 났지만 어쩔 수 없이 삼키곤 했다.

나도 인간인지라 나를 아프게 하고 상처를 준 이들을 사랑할 자신은 없었다. 솔직히 분노도 남아있고 그들을 미워하는 마음이 있지만, 이제는 그냥 다 내려놓기로 했다.

나를 오해하건, 나를 무시하건, 나를 억울하게 하건, 누구나 실수를 하듯이 그들도 실수한 것인지 모른다. 혹여 실수가 아니라 할지라도 이제는 그것에 대해 연연하지 않을 생각이다. 그들도 언젠가는 자신에 대해 알 수 있는 날이 올 것이라는 생각이 들기 때문이다. 만약 당시 그들이 그러한 것들을 알았다면 아마 그렇게 하지는 않았을 것이라는 생각이 들곤 한다.

사랑하지는 못해도 그들을 미워하지는 않으려고 한다. 왜냐하면 모든 존재는 소중하다는 생각이 들기 때문이다. 또한 나름대로 살아가려는 의지로 자신의 삶을 살아가고 있기에 그 과정 중에 일어나는 일이라 생각하기로 했다.

그들을 미워하지 않으려 하는 이유는 나 자신을 위한 것일지도 모른다. 미워하는 마음이 커질수록, 분노와 억울함이 쌓일수록, 그러한 것들이 나 자신의 내면을 파괴한다는 생각이 든다.

내가 누군가를 미워하기 시작하면 나의 내면의 세계는 금이 가기 시작하고 이로 인해 나 자신마저 더욱 나쁜 자아로 되는 것 같기에 더 이상 그러한 길을 가지 않으려 한다. 누군가를 미워하면 나는 점점 작은 세계에서 살아가야만 하는 것 같고, 미워하는 마음을 멈춘 채 사랑의 마음으로 보려고 노력하면 나 자신의 세계가 점점 커져가는 생각이 들기도 한다.

어떤 상황이나 어떤 경우라 하더라도 누군가를 미워하는 나의 마음은 결국 나 자신을 더 형편없는 존재로 만들기만 하기에 나 자신을 위해서라도 더 이상의 미움은 멈추기로 하였다.

미움을 멈춘다는 것이 결코 쉽지는 않지만, 일단 그렇게 하기로 마음을 먹은 이상 불가능하지는 않을 것이란 생각이 든다. 나를 힘들게 한 사람을 사랑할 수는 없어도 이제 더 이상 미워하지는 않으리라는 마음으로 이 가을을 보내려 한다. 오늘따라 가을 햇살이 유난히 아름다운 것 같다.

29. 아름다운 필연으로

우리 주위에는 우연하게 일어나는 일들이 무수히 많다. 나하고 가장 친한 친구를 어떻게 만났는지 생각해 보면 바로 알 수 있다. 그 친구를 미리 알고 그와 친해지기 위해 계획하고 만난 사람은 아마 없을 것이다. 요즘 가장 친하게 지내는 친구들도 예전에 우연히 만났던 것이다. 그 우연한 만남이 수십 년째 계속되곤 한다. 그 친구들을 만나기 전 그들을 전혀 몰랐을 것이다. 이것은 결코 어떤 의도나 계획에 의한 것이 아니다. 우연이 아름다운 필연이 된 것이다.

우연은 아픈 필연으로 이어지기도 한다. 우연히 만난 사람과 어느 정도 친해지다가 그 사람으로부터 상처를 받기도 하고 고생을 하기도 한다. 나한테 가장 가까웠던 사람이 나를 배신하기도 하고 사기를 치기도 하며 나를 헌신짝처럼 버리기도 한다. 우연이 어떤 필연으로 될지는 그 누구도 알 수 없다.

"돌연변이가 처음 나타날 때 이 합목적적인 장치가 어떻게 작용하고 있느냐가, 우연으로부터 태어난 이 새로운 시도를 잠정적으로 받아들일지 혹은 영속적으로 받아들일지, 그것도 아니면 거부할지를 결정하는 최초의 본질적인 조건이 된다. 자연 선택에 의해 심판받는 것은 합목적적인 기능 상태, 즉 건설적이고 제어적인 상호작용들의 네트워크가 갖는 속성들의 전체적인 표현인 것이다. 그리고 바로 이렇기 때문에 진화 자체가 어떤 '의도'를 수행하고 있는 것처럼, 다시 말해 조상 대대로부터 내려오는 유구한 '꿈'을 계속 이어가고 확장해가려는 의도를 수행하고 있는 것처럼 보이는 것이다. 인간은 마침내 그가 우주의 광대한 무관심 속에 홀로 내버려져 있음을 알게 되었다. 이 우주의 그 어디에도 그의 운명이나 의무는 쓰여 있지 않다. 왕국을 선택하느냐 아니면 어둠의 나락으로 떨어지는 것을 선택하느냐 하는 것은 전적으로 인간 자신에게 달려 있다. (우연과 필연, 자크 모노)"

자크 모노는 세균의 유전 현상을 연구하여 효소의 합성을 제어하는 유전자의 존재를 확인한 업적으로 1965년 노벨 생리의학상을 수상하였다. 유전자라 할지라도 항상 100% 정확하게 그 일을 감당하지는 않는다. 가끔씩 실수를 하기도 한다. 그 원인은 여러 가지일 수 있다.

그러한 실수가 바로 돌연변이를 만들어 낸다. 일종의 우연이라 할 수 있을 것이다. 세균의 돌연변이는 새로운 종을 만들어 낸다. 그 돌연변이의 생존은 어떤 계획된 것에서 비롯된 것은 아니다. 오직 완전한 우연의 결과일 뿐이다. 하지만 그러한 우연이 더 나은 새로운 종을 만들어 내기도 하지만, 아예 생존하지 못하고 멸종이 될 수도 있다. 생존이냐 멸종이냐는 운명이라는 필연에 직면하게 되는 것이다. 이로 인해 자연의 가장 중요한 원리인 진화가 가능해진다. 자연이 선택한, 자연에 더 잘 적응하는 적자생존의 원리가 여기에 적용된다.

우리의 삶도 마찬가지일 것이다. 내가 과거에 만났던 사람들도 모두 우연에 의한 것이다. 나의 부모, 나의 자식, 나의 친구나 연인 모두 우연의 결과이다. 내가 지금 만나고 있는 사람, 앞으로 내가 만날 사람들 또한 우연일 수밖에 없다.

이러한 우연을 아름다운 필연으로 만들 수는 없을까? 그것은 아마 어느 정도는 나에게 달려 있지 않을까 싶다. 내가 누군가에게 선한 마음을 갖고 있다면 이 우주공간에서, 그리고 이 시간의 연속적인 흐름에서, 우연히 만난 그 사람과 아름다운 추억들을 쌓아갈 수 있을 것이다. 만약 엄청난 확률 속에서 만난 내 주위의 사람에게 내가 악한 마음을 품는다면, 그 엄청난 확률의 우연이 아름답지 못한 필연으로 이어질 수밖에 없고 나뿐만 아닌 그 사람까지도 돌이킬 수 없는 아픔으로 될 수밖에 없을 것이다.

우연은 나의 힘으로 할 수 있는 것은 아니지만, 필연은 나의 힘으로 어느 정도는 가능하다는 생각이 든다. 그러니 운명은 우연이면서도 필연이 아닐까 싶다. 지나간 필연이야 어찌할 수 없지만, 앞으로 남은 필연이나마 아름다운 모습으로 이루어진다면 좋을 것이다. 나 스스로 나 자신의 악한 모습을 볼 수 있어야만, 나의 선한 모습이 점점 더 많아질 것 같다는 생각이 든다. 그럴수록 더 아름다운 필연의 결실이 맺혀질 수 있을 것 같다.

30. 생사를 넘어서

모든 것은 나고 사라지기 마련이다. 이 세상에 온 것은 그 어떤 존재이건 언젠가는 떠나게 된다. 하루만 살다 가는 하루살이도 있고, 수십 년을 살아가는 동물도 있다. 수백 년을 살아가는 나무 같은 존재도 언젠간 가지가 부러지고 뿌리도 다해 이 세상과 작별을 해야 한다.

생명체뿐만 아니라 무생물도 마찬가지이다. 단단한 쇳덩어리도 비에 젖어 부식되어 녹이 슬고 그 붉은 녹은 점점 많아져 산산이 부서져 버린다. 단단한 돌멩이도 마찬가지이다. 물에 쓸리고 바람에 의해 점점 작아지다가 그 흔적조차 사라져 버리고 만다.

밤하늘에 빛나는 별들도 언젠가는 그 생명을 다한다. 우주 공간에 수천억 개의 별들이 존재하지만, 영원히 그 자리에서 빛나는 별은 단 하나도 없다. 비록 그 수명이 상당히 길긴 하지만 별이란 존재도 예외 없이 언젠가는 우주 공간에서 삶을 마감하고 사라지게 된다.

우리가 살고 있는 이 세상 이후에 어떤 것이 있는지는 모르나, 만약 있다고 하더라도 그 세상에서의 나는 지금과 같은 나의 모습은 아닐 것이다. 모든 존재는 없음에서 와서 없음으로 갈 수밖에 없다. 나는 잠시 이 세상에 존재할 뿐 영원히 이곳에 머무를 수가 없을 것이다. 내가 사랑하는 모든 것 또한 마찬가지일 것이다. 그러기에 오늘 후회 없이 사랑해야 하는 것이 아닐까 싶다. 나에게나 혹 내가 사랑하는 사람에게 내일이 존재하지 않을지도 모르기 때문이다.

죽음에 대해 과연 질문을 해야 할 필요가 있을까? 나는 더 이상 죽음에 대해 관심을 갖거나 알려고 하지 않을 생각이다. 그냥 받아들이는 것으로 충분하다는 생각이 들기 때문이다. 그것을 안다고 해서 죽음이 나를 피해 가지는 않을 것이라는 생각이 든다.

인류는 역사적으로 죽음에 대해 많은 이론을 만들어 냈다. 철학이나 종교에서 많은 사람들이 죽음에 대해 논의했지만, 그 사람들도 예외 없이 모두 이 세상을 떠났다. 인간의 이성으로는 죽음에 대해 알 수 있을 것 같지는 않다. 죽음을 경험하는 순간 그는 이미 이 세상 사람도 아니기에 영원히 우리는 죽음을 알 수가 없을 것이다.

단지 나에게 필요한 것은 죽음이란 예외가 없기에 그것을 인식함으로 삶을 겸손하게 사는 것으로 충분하다는 생각이 든다. 죽음을 많이 안다고 해서 내가 죽음으로부터 멀어지거나 나의 사랑하는 사람이 죽음에서 면해지지는 않을 것이다. 그냥 그들을 더 많이 사랑하는 것이 내가 할 수 있는 전부가 아닐까 싶다.

"젊은이도, 늙은이도, 어리석은 사람도, 지혜로운 사람도 모두 죽음에 굴복하고 만다. 모든 사람은 반드시 죽음에 이르게 된다.

(숫타니파타)"

"범사에 기한이 있고 천하만사가 다 때가 있나니 날 때가 있고 죽을 때가 있으며 심을 때가 있고 심은 것을 뽑을 때가 있으며 울 때가 있고 웃을 때가 있으며 슬퍼할 때가 있고 춤출 때가 있으며 …… 사랑할 때가 있고 미워할 때가 있으며 전쟁할 때가 있고 평화로울 때가 있느니라. 일하는 자가 그의 수고로 말미암아 무슨 이익이 있으랴 (전도서 3:1~9)"

이 세상에 존재함으로써 누군가를 만나고 그를 사랑한 것으로 삶은 충분한 가치가 있는 것이 아닐까 싶다. 그 어떤 것도 영원히 존재하지 않기에, 무언가를 영원히 갈구하는 것은 헛된 욕심이라는 생각이 든다. 충분히 사랑했다면 아쉬움이 그리 크지는 않을 것이다. 할 수 있는 것을 다했다면 그것으로 족함을 아는 것 또한 지혜일 것이다. 충분히 사랑하지 못했고, 할 수 있는 것을 다하지 못했다면, 오늘 그것을 하면 될 것이다. 내일을 생각하지 말고 오늘 할 수 있는 것을 하는 것이 가장 현명하다는 생각이 든다.

우리의 삶 속에는 죽음이 함께 있는 것이 아닐까 싶다. 죽음이란 멀리 있는 것이 아니며 삶과 함께 존재하는 것 같다. 그러한 죽음을 누구나 경험할 수밖에 없기에 이를 부정하는 것은 부질없는 것 같다. 받아들일 수밖에 없으니 마음을 열고 있는 그대로 받아들여야 함이 운명이라는 생각이 든다.

"生死路隱 此矣 有阿米 次肸伊遣

吾隱去內如辭叱都 毛如云遣去內尼叱古
於內秋察早隱風未 此矣彼矣浮良落尸葉如
一等隱枝良出古 去如隱處毛冬乎丁
阿也 彌陀刹良逢乎吾 道修良待是古如

죽고 사는 길 예 있으매 저히고
나는 간다 말도 못 다하고 가는가
어느 가을 이른 바람에 이에 저에
떨어질 잎다이 한 가지에 나고 가는 곳 모르누나
아으 미타찰(彌陀刹)에서 만날 내 도 닦아 기다리리다.
(제망매가, 월명사)"

사랑하는 누이가 죽었을 때 월명사는 가슴이 찢어지도록 아팠을 것이다. 하지만 그는 이를 받아들일 수밖에 없음을 알았던 것 같다.

생사를 넘어선다는 것은 모든 것을 받아들이는 것이 아닐까 싶다. 사랑도, 미움도, 삶도, 죽음도, 만남도, 헤어짐도, 그 모든 것은 나에게서 와서 나에게서 가고, 나 또한 모든 것에게 와서 모든 것에서 가는 것이 아닐까 싶다. 생사를 넘어서는 자유가 어쩌면 짧지만 이생에서 미련 없이 살아가는 진정한 대자유인이 될 수 있는 길이 아닐까 싶다. 모든 것을 담담히 받아들일 수 있는 마음, 그것이 나의 최선이라는 생각이 든다.

31. 하마르티아

'하마르티아(Hamartia)'란 아리스토텔레스의 〈시학〉에서 처음 사용된 용어로 '판단의 잘못이나 착오 또는 비극적 결함'을 뜻한다. 이는 주로 희곡의 하나의 유형인 비극에서 많이 나오는 것으로 다른 사람보다 뛰어난 재능과 인성을 가진 주인공이 그의 악의 때문이 아닌 순간적이거나 일시적인 잘못으로 인해 소중한 많은 것뿐만 아니라 인생 전체의 비극적 파국을 맞이하게 될 수 있다는 것을 뜻한다.

아리스토텔레스가 이를 강조한 이유는 간단명료하다. 주인공의 남다른 능력에 비교해 그가 행한 결함의 크기는 극히 사소한 것임에도 불구하고 이로 인해 최선을 다해 살아왔던 그의 모든 노력과 시간이 한순간에 날아가 버리게 되고 결국 종말에 이르러서는 커다란 비극, 즉 죽음으로 끝을 내기 때문이다.

예를 들어 셰익스피어의 4대 비극중의 하나인 햄릿을 보면, 햄릿은 아버지인 국왕을 잃었고 두 달도 되지 않아 어머니가 자신의 숙부와 결혼하는 모습을 바라만 보고 있을 수밖에 없었다. 그에게는 세상이 원망스러울 수밖에 없었을 것이다. 어머니를 비롯한 어떤 여인도 믿을 수가 없었다.

"사느냐, 죽느냐, 그것이 문제로다. 가혹한 운명의 화살을 참아내는 것이 중요한가, 아니면 고통의 물결을 두 손으로 막아 이를 조절하는 것이 중요한가? 죽음은 잠드는 것, 그뿐이다. 잠들면 모든 것이 끝난다. 마음의 번뇌도 육체가 받는 온갖 고통도, 그렇다면 죽고 잠드는 것, 이것이야말로 열렬히 찾아야 할 삶의 극치가 아니겠는가? 잠들면 꿈도 꾸겠지. 아, 여기서 걸리는구나. 이 세상의 온갖 번뇌를 벗어던지고 영원히 죽음의 잠을 잘 때 어떤 꿈을 꾸게 될 것인지, 이를 생각하면 망설여지는구나. 이 망설임이 비참한 인생을 그토록 오래 끌게 하는 것이다.(햄릿 셰익스피어)"

햄릿에게는 삶이 허망했다. 더 이상 살아가고픈 의욕이나 이유를 찾지 못했다. 그가 선택할 수 있는 것이 없었다. 오직 그를 슬프게 하는 것을 없애는 것 외에는. 하지만 이러한 과정에서 삶은 전혀 예상하지 못한 곳으로 흘러갔다. 햄릿은 자신이 사랑하는 여인인 오필리아의 아버지를 실수로 죽이게 된다.

오필리아는 애인이었던 햄릿의 실수로 자신의 아버지가 죽자 비탄에 빠지게 되고 이로 인해 오필리아마저 정신적으로 미쳐 햄릿과의 사랑을 이루지 못하고 사망하게 된다. 사랑하는 여인마저 잃은 햄릿의 복수가 두려웠던 햄릿의 숙부이자 왕은 햄릿을 죽이려는 음모를 꾸민다.

아버지를 잃은 오필리아의 오빠를 이용해 햄릿과 결투를 벌이게 하고 이 결투 과정에서 오필리아의 오빠와 햄릿의 어머니마저 죽음을 맞이하게 되고, 왕은 햄릿에 의해 결국 죽게 되고 만다.

아버지의 원수를 갚긴 했지만, 햄릿도 그 많은 짐을 짊어진 채 목숨을 잃는다. 그렇게 모든 사람들의 삶이 파멸에 이르고 말았던 것이다.

오델로의 경우도 비슷하다. 오델로와 데스데모나는 완벽한 사랑이 가능하다고 생각했다. 서로를 너무나 아끼기에 사회의 관습을 넘어설 수 있다고 믿었다. 오델로는 무어인(북서 아프리카의 이슬람교도)이었지만, 그것을 자신의 약점이라고 생각하지도 않았고 열등감도 없었다. 하지만 살아가다 보면 그 여정에서 전혀 예측하지 못한 사건이 일어나기도 한다. 오델로에게 있어 약점이 아니라고 생각했던 것이 결국은 약점이 되어 버리고 만다. 자신은 그러한 열등감이 없을 것이라 생각했지만 무의식중에 자신도 모르는 내면의 깊은 곳에 그러한 것이 숨어 있었다. 평상시에는 아무런 문제가 되지 않았지만 조그만 사건으로 인해 숨어 있었던 삶의 올가미에 걸리고 만다.

"데스데모나가 도저히 길들일 수 없는 매라는 것을 확실히 알게 되면, 만일 마음속에 꼭 잡아매 놓고 싶더라도 나는 휘파람을 불며 깨끗이 놓아줘야지. 돌아오지 않도록 바람 부는 쪽으로 날려 보내고 제멋대로 먹이를 찾게 해야지. 혹시 내가 피부색이 검고 한량들같이 고상한 사교술이 없다고 해서, 또는 내 나이가 이미 한창때를 지났다고 해서, 그녀가 날 버릴는지도 모르지. 결국 모욕을 당한다면, 나를 구하는 길은 그녀를 미워하는 거야. 아, 결혼이란 원망스럽구나. 상냥한 여자를 입으로는 제 것이라고 하면서 그 여자의 욕망은 갖지 못하거든! 사랑하는 사람을 남의 자유에 맡겨 놓고, 자기는 한 모퉁이나 차지할 바에야 차라리 두꺼비가 돼서 땅속 구멍에서 습기나 마시고 사는 것이 낫지.(오델로, 셰익스피어)"

예상치 못한 일로 의한 데스데모나에 대한 오델로의 의심은 두 사람의 삶을 삼켜버릴 수 있을 만큼 증폭되었다. 그로 인해 오델로와 데스데모나의 온전했던 사랑은 결국 파멸로 이르게 되고 만다.

오이디프스 또한 이러한 것의 대표적 예라 할 것이다. 그리스 신화에 나오는 라이오스는 테바이의 왕이었다. 그는 젊은 시절 펠롭스의 아들 크리스포스가 미소년이었기에 그를 사랑하여 겁탈하였다. 이에 크리스포스는 마음의 깊은 상처를 받고 스스로 목숨을 끊게 된다. 아들을 잃은 펠롭스는 라이오스에게 나중에 라이오스가 왕이 되더라도 아들을 얻지 못할 것이며, 만약 아들을 낳게 되면 그 아들에 의해 목숨을 잃게 되리라는 저주를 퍼붓는다.

나중에 테바이의 왕이 된 라이오스는 아름다운 여인인 이오카스테와 결혼한다. 하지만 결혼 후 오랜 세월이 지나도 자식이 태어나지 못했다. 라이오스는 당시 신탁을 담당한 곳에 찾아가 원인을 물어본 결과 그가 나중에 아들을 얻게 되기는 하는데 그 아들이 장차 아버지인 라이오스를 죽이고 그 아들이 자신의 어머니이자 라이오스 아내인 이오카스테와 결혼하게 될 것이라고 예언을 해 준다.

그리고 얼마 뒤 이오카스테가 아이를 임신하였고 아들을 출산한다. 이에 라이오스는 자신의 아들이 태어나자마자 그 신탁의 예언이 실현될 것이 두려워 이를 미리 막기 위해 아들의 발목을 뚫어 가죽끈으로 묶은 후 자신의 부하를 시켜 사람이 없는 산골짜기에 갖다 버리게 시킨다. 버려진 아이는 곧 죽을 운명이었으나, 주위의 양치는 목동에 의해 발견되어 가까스로 목숨을 건진다. 그리고 그 목동은 주위에 자식이 없는 부부에게 아이를 맡기게 되고 그 부부는 그 아이를 자신들의 자식인 것처럼 성실히 맡아 기른다. 그 아이는 잘 성장하였는데, 어느 날 청년이 되었을 때 주위 사람과 말다툼 끝에 자신은 버려진 아이였고 현재의 부모가 주워다 길렀다는 사실을 알게 된다. 그는 충격을 받아 집을 떠나 길을 가던 중 마차를 타고 가던 한 일행과 마주치는 데 마차를 타고 가던 이가 길을 비키라는 말에 절망한 마음이 화로 돌변하면서 그 마차 타고 가던 이와 시비하던 중 그를 살해하게 된다. 그 마차를 타고 가던 이는 다름 아닌 라이오스였다.

당시 라이오스가 다스리던 나라에는 스핑크스라는 괴물이 나타나 사람들을 무참히 괴롭혔는데 라이오스가 죽었다는 사실이 알려지자 라이오스의 아내인 이오카스테의 친오빠가 섭정을 하게 되었고, 그는 그 스핑크스를 없애는 사람에게 왕위와 이오카스테를 왕비로 주겠다고 공언을 한다. 이에 라이오스의 아들은 그가 죽인 사람이 아버지인 것도 몰랐고, 왕비였던 사람이 자신의 어머니였다는 사실도 모른 채 스핑크스와 대결을 벌여 이기게 된다. 이에 라이오스를 죽인 그 청년은 테바이의 왕이 되었고 자신의 어머니인 이오카스테와 결혼을 해 왕비로 맞이하게 된다. 운명이었는지는 모르나 신탁의 예언이 이루어졌던 것이다. 이 사람이 바로 오이디푸스다. 왕위에 오른 오이디푸스는 이오카스테와 사이에 딸 두 명과 아들 두 명을 낳는다.

시간이 많이 흐른 뒤 이오카스테는 오이디푸스가 자신의 아들이었다는 사실을 알게 되었고 이에 충격을 받아 스스로 목숨을 끊는다. 오이디푸스 또한 이 사실을 알고 나서 마음의 커다란 상처를 얻고 이오카스테의 브로치로 자신의 눈을 스스로 찔러 장님이 된다. 그리고 그와 자신의 어머니 사이에서 태어난 딸인 안티코네와 함께 평생 방랑의 길을 나선다. 다른 딸 한 명과 아들 두 명은 이 모든 사실을 알고 아버지인 오이디푸스를 떠난다.

우리가 살아가다 보면 굳이 뛰어난 능력의 사람뿐만 아니라 평범하게 살아가는 이들에게도 이러한 일은 일어날 수 있다. 일상에서 사소한 실수나 순간적인 판단의 잘못이 그동안 우리가 최선을 다해 이루어 놓았던 것을 하루아침에 붕괴시켜 버리기도 한다.

인간은 불완전한 존재다. 자신의 불완전함을 인정해야 한다. 그렇지 않으면 우리의 삶은 더 복잡하게 얽히게 될 뿐이다. 자신이 생각하는 것이 항상 옳다고 믿는다면 이로 인해 가지 말아야 할 길로 계속해서 가게 될 수도 있다. 나를 돌아보거나 내 주위를 살펴볼 여지도 없이 오로지 자신이 생각하는 것을 이루고자 무한

질주를 하는 것이다. 그로 인해 끊임없는 사고가 일어나게 되고 이로 인한 아픔도 계속될 수밖에 없는 것이다.

자신이 판단하는 것이 항상 옳다고 생각하는 것, 그것이 가장 치명적인 오판이다. 어떠한 가능성도 배제를 하고 있지 않기 때문에 그는 자신만의 감옥에서 빠져나올 수가 없게 된다. 나 자신의 판단이 잘못일 수도 있고, 나의 생각이 착오일 가능성도 있으며, 나 자신에게 있어 내가 모르는 결함이 있을 수도 있다는 겸손이 더 큰 비극으로 치닫지 않게 하는 가장 중요한 것이 아닐까 싶다. 사소한 것이 우리의 인생을 망치게 된다면 그것만한 비극은 없을 것이다.

32. 모든 것은 나로부터

살아가면서 나에게 다가오는 문제는 나로 인해 생기는 것이란 사실은 부인할 수 없을 것이다. 물론 그렇지 않은 경우도 있다. 천재지변, 재난, 운명, 이러한 것들도 나에게 다가오기는 하지만, 그것은 나의 영역을 넘어서기 때문에 어쩔 수 없다. 그러한 것을 제외하면 나의 문제 대부분은 나로 인해 생긴다.

만약 내가 이루고자 하는 목표가 어떠한 커다란 재난이 가로막지 않는다면, 나의 노력으로 충분히 달성할 수 있는 것이 많이 있다. 예를 들어 몸무게를 줄여야겠다고 생각을 하면 나의 노력으로 어느 정도는 줄일 수 있다. 몸무게를 줄이느냐 그렇지 못하느냐의 성공 여부는 나의 의지와 행동에 의한 것이지 다른 이유는 없다.

만약 마라톤을 완주하고자 한다면 그 목표를 이룰 수 있는 연습과 훈련을 해야 할 필요가 있다. 일주일에 며칠씩 최소한 수십 킬로는 뛰어야 42.195km를 뛸 수 있다. 그러한 연습도 없이 그냥 대회에 나가 마라톤 완주를 하겠다고 뛰기 시작하면 성공할 확률이 그리 높지 못할 것이다.

행복하고자 원한다면 거기에 맞는 삶을 살아야 할 것이다. 행복도 연습이 필요하다. 아무것도 하지 않고 무작정 행복을 바란다고 해서 행복이 나에게 다가오는 것이 아니다. 어떻게 해야 내가 행복하게 살아갈 수 있는지 생각하고 거기에 맞는 생활을 해야 할 필요가 있다. 이제까지 그러한 것을 하지 못하였다면 지금부터라도 다시 시작한다는 마음으로 생활해야 할 필요가 있다.

불행 또한 나로 인해 오는 것이 당연하다. 내가 불행해지지 않도록 살아왔어야 했는데 그렇지 못했기에 나에게 불행이 찾아오는 것인지도 모른다. 어떻게 해야 나에게 불행한 일들이 발생하지 않을지 깊이 생각하지 않고 살아간다면 나도 모르는 사이에 불행은 나에게 다가오게 된다.

"모든 불행은 자아로부터 시작한다.
그로 인해 모든 문제가 생긴다.
자아를 부인하고 무시하고 시들게 하면
마침내 자유를 얻을 것이다.
(라마나 마하르시)"

나의 불행을 내가 아닌 다른 데서 탓하는 것은 불행으로부터 벗어나기 힘들 수 있다. 나의 불행은 나로 인한 것임을 분명히 인식할 필요가 있다. 이 세상에 불행한 일을 겪지 않은 사람은 드물 것이다. 지나간 것은 어쩔 수 없다. 하지만 지금부터 나에게 다가오는 불행은 나 자신에 의해 생기는 것이라 인식하고 그러한 일들이 다시 일어나지 않도록 해야 내가 지금보다 더 행복하게 생활할 수 있을 것이다.

나의 삶은 온전히 나의 것이고 내가 책임져야 한다. 어떠한 일이 나에게 일어나건 그것은 나로 인한 것이라 생각해야 한다. 다른 사람이나 다른 요인으로 인해 내가 불행하다고 생각하는 한 나의 불행은 계속해서 반복될 가능성이 크다.

우리 모두는 누구나 다 행복한 삶을 꿈꾼다. 행복이건 불행이건 그 모든 것은 나로 인한 것이다. 나 자신을 위해서라도 오늘 하루 행복해야 하지 않을까?

33. 왜 산은 산이고 물은 물일까?

"산시산 수시수(山是山 水是水)", 즉 산은 산이고 물은 물이다라는 말은 청원선사(青原禪師)의 설법에서 유래되어 경덕전등록(景德傳燈錄)에 수록되어 있다.

이 말을 가만히 생각해 보면 모든 것을 있는 그대로 받아들이라는 뜻이 아닐까 싶은 생각이 든다. 우리는 모든 것을 내 중심으로 생각하는 경향이 강하다. A라는 사람이 있다고 가정해 보자. B라는 사람이 A에게 잘해주면 A는 B가 좋은 사람이라고 생각하고 다른 사람들에게도 B가 정말 멋있는 사람이라는 이야기를 한다. 그러다가 B가 A에게 조금 서운하게 해주면 좋은 사람이 갑자기 나쁜 사람으로 변해 버리고 주위 사람들에게도 B를 나쁜 사람이라는 험담을 하기도 한다. C라는 사람이 있다고 가정해 보자. B가 C에게 A에게 한 것과 같이 똑같이 대해 주었는데 C는 B에게 그리 서운하게 생각하지 않고 아마 다른 사정이 있을 것이라고 생각하고 B에게 무슨 어려운 일이 있는지 궁금해하면 C는 B를 도와주려고 할 수도 있다.

B는 A나 C에게 똑같은 행동을 했는데도 불구하고 A와 C가 받아들이는 것은 완전히 다른 것이다. 왜 그런 것일까? A와 C가 B

를 보는 것이 다르기 때문이다. B를 각자의 입장에서 생각하고 판단해 버리기 때문에 전혀 다른 결과가 만들어지는 것이다. 즉 B를 있는 그대로 보는 것이 아니라 자신의 입장에서 보기 때문에 이러한 차이가 생긴다.

우리는 살아가면서 거의 대부분의 것을 자신의 입장에서만 바라본다. 자신이 알고 있는 지식 안에서만 생각하고 판단하며 결정한다. 다른 가능성을 생각하는 사람은 극히 드물다. 자신의 한계를 인식하는 사람도 찾아보기 힘들다. 스스로 잘못이 있을 거라 생각하며 모든 사람이나 사물을 있는 그대로 바라보고 받아들이는 사람도 별로 없다.

자신의 입장에서 바라보고 생각을 하면 산이 물이 될 수도 있고 물이 산이 될 수도 있는 것이다. 한계가 있는 자신의 지식으로 모든 것을 인식하기 때문에 다른 사람에게는 좋은 사람이지만 그에게는 나쁜 사람이 되고 다른 사람에게는 나쁜 사람이 그 사람에게는 좋은 사람이 되는 것이다.

여기에 우리의 많은 문제가 생겨날 수 있다. 있는 것을 제대로 볼 수가 없는데 그다음은 말할 필요가 없는 것이다. 그러한 문제가 계속 끊임없이 쌓이다 보니 주위의 사람이나 사물, 세상의 모든 일을 제대로 보는 사람이 드물 수밖에 없다. 즉, 모든 것의 본질을 제대로 보는 사람이 거의 없다는 것이다. 자신의 생각과 판단으로 그 모든 것의 본질을 스스로 거부하고 있는 것과 마찬가지이다. 그러기에 산이 산이 아니고 물이 물이 아니게 된다.

자신이 강할수록 그러한 시야가 확보되지 않는다. 쉽게 말해 눈뜬 장님이 되는 것이다. 산이 물로 보이고 물이 산으로 보이는 눈을 갖게 되고 마는 것이다.

산은 산이고 물은 물로 볼 수 있도록 우리 스스로 우리의 눈을 맑게 할 필요가 있다.

34. 진짜로 없다

"이것이 있으므로 저것이 있고
이것이 생하므로 저것이 생한다.
이것이 없으므로 저것이 없고
이것이 멸하므로 저것이 멸한다.
(중아함경)"

나에게 다가온 것은 잠시 그렇게 머무르다 언젠가 나로부터 떠나가기 마련이다. 잠시 나에게 속했다고 해서 그것이 진짜로 내 것인 줄 알고 있다. 하지만 모든 것은 내 것이 아니다.

우리는 아무것도 가진 것 없이 와서 갈 때도 아무것도 가지고 갈 수가 없다. 지금 내가 가지고 있는 것이 언젠가는 나로부터 떠나가는 것이 불변의 진리다.

"전도자가 이르되 헛되고 헛되며 헛되고 헛되니 모든 것이 헛되도다. 해 아래에서 수고하는 모든 수고가 사람에게 무엇이 유익한가. (중략) 이미 있던 것이 후에 다시 있겠고 이미 한 일을 후에 다시 할지라. 해 아래에는 새것이 없나니 무엇을 가리켜 이르기를 보라 이것이 새것이라 할 것이 있으랴. (전도서 1 : 2~9)"

가장 지혜로웠다고 하는 이스라엘의 솔로몬 왕은 BC 935년 무렵 인간이 누릴 수 있는 모든 영화를 다 누렸다. 그럼에도 불구하고 그는 전도서에 이러한 기록을 남기고 자신 또한 사라져 버렸다.

재물도 나에게 왔다가는 언젠가 사라지고 사람도 마찬가지이며 인간의 감정도 그렇다. 누구를 좋아하고 사랑하는 마음도 영원한 것은 없다.

사랑이 영원한 것이라 믿기에 거기에 집착하고, 내 주위에 있는 사람이 나의 사람이라 생각하기에 그 사람에 연연하며, 내가 가지고 있는 물질이 완전히 나의 것으로 남아 있을 것이라 생각하기에 그것에 집착할 뿐이다.

인연이 되어 나에게 왔지만, 인연이 끝나면 나로부터 다 떠나갈 수밖에 없다. 모든 것은 이유가 있어서 나에게 왔지만, 또 다른 이유로 그렇게 나로부터 사라진다.

자연의 원리도 마찬가지이다. 원인이 있기에 결과가 따른다. 원인이 없이 결과만 존재하는 것은 없다. 확률도 마찬가지이다. 가능성이 있기에 확률이 있는 것이다. 그러한 결과가 또 다른 원인이 된다. 그렇게 모든 것은 얽혀 나의 주위에 그리고 나에게 일어나고 있다. 그것에 내가 욕심을 부리고 저항하느라 내가 힘들 수밖에 없는 것이다.

지금 이 자리에 존재하고 있는 나도 언젠간 사라진다. 내가 있고 네가 있고 세상이 있다고 생각하기에 우리는 헛된 것에 연연할 뿐이다. 없어질 것을 가지려 하기에 우리는 스스로 괴로울 뿐이다. 모든 영화나 영광도 한순간일 뿐이다. 그러기에 지금 현존해야 한다.

내 주위에 있다고 생각하는 것들이 언젠간 사라질 것이기에 현존하는 나는 그것을 사랑해야 한다. 떠나가는 것은 다시는 돌아오지 않을지도 모른다.

나에게서 무언가가 떠나가면 새로운 또 다른 무언가가 온다. 하지만 그것 또한 나를 언젠가는 떠나간다. 영원히 내 옆에 있게 하려고 하기에 내가 아플 뿐이다.

나에게 진짜로 있는 것은 아무것도 없다.

35. 버린다는 것

예전에는 시간을 쪼개가면 많은 것을 하려고 했다. 무언가를 한다는 것이 의미가 있는 것으로 생각했다. 목표를 정하고 그것을 달성하기 위해 시간을 아껴가며 노력하는 것이 열심히 사는 것이라고 여겼다. 그 목표를 위해 달성하기 위해 다른 것을 생각하기 않고 주위도 바라보지 않고 나 자신도 돌아보지 않으면서 생활하는 것이 나에게 주어진 삶의 최선이라 생각했다. 하지만 그럼으로써 나 자신이 망가져 감을 인식하지 못했다. 나를 객관적으로 파악을 하지 못하고 나의 단점을 그냥 무시한 채 앞만 보고 달리다 보니 얻은 것도 있었지만 잃은 것도 너무나 많았다. 그 잃은 것들이 나에게 뼈아팠다.

하지만 무언가를 하는 것보다 아무것도 하지 않고 내 자신을 돌아보며 생각을 더 많이 하는 것이 더 중요한 것 같다. 스스로 무언가를 해서 내가 원하고자 하는 것을 얻기보다는 다만 바라보고 물 흐르듯 많은 것을 맡겨두는 것이 더 낫다는 생각이 든다.

노자가 말하는 무위는 단순히 아무것도 하지 않음을 뜻하는 것은 아니다. 그가 말하고자 하는 무위는 자연의 순리를 어긋나는 인위를 하지 않음을 말하는 것이 아닐까 싶다. 즉 인간의 지식이

나 욕심으로 세상을 바꾸려 하지 않음이다. 주위 사람이나 주위 환경을 자신이 바라는 대로 다 되게끔 애쓰려 하는 것을 피하라는 뜻이다. 오히려 그것이 더 큰 문제를 야기시킬 수 있기 때문이다.

나도 많은 것을 내가 생각하는 것이 옳다고 여겨 그것을 위해 무리수를 두어 살아온 것 같다. 그러한 무리수가 당시에는 합당하다고 생각되었으나 지나고 나서 보면 그렇지 않은 경우가 너무나 많았다.

왜 이런 생각을 당시에는 하지 못했을까? 이유는 간단하다. 내가 어리석었기 때문이다. 내가 옳다고 생각하는 아집 때문이었다. 이제는 나 자신을 버릴 때다. 나 자신을 버려야 그 어리석었던 길을 다시 가지 않을 수 있다. 나를 다 버리고 내 자신의 존재의 미미함만을 가지고 살아가야겠다는 생각이 든다.

법구경에는 이런 말이 있다.

"감정의 즉각적인 대응을 초월한 사람이 있다.
그는 땅처럼 인내하며,
분노와 두려움의 불길에 휩싸이지 않고,
기둥처럼 흔들림 없고,
고요하며 조용한 물처럼 동요치 아니한다."

나 자신을 버림으로 감정을 초월할 수 있기를 바란다. 내 감정은 내가 아니다. 나의 일부일 뿐이다. 나의 일부가 나의 전부가 되면 안 된다. 물처럼 동요하지 않고 그냥 흘러가야만 하려 한다.

내가 주위 사람들을 바꾸고, 모든 것을 나의 마음대로 해 나가고자 할 때 무위의 법칙은 깨진다. 그 아픔은 나의 아픔일 뿐만 아니라 모든 이의 아픔이 될 수도 있다.

노자가 얘기하는 "도(道)"는 자연의 원리이자 순응이다. 자연의 법칙 그것이 바로 신의 뜻이 아닐까 싶다. 나 자신을 버리는 게 아마도 신의 뜻인 듯하다. 비가 내리고 있다. 촉촉한 비가 대지를 적시고 있다. 나 자신을 버리려 하니 내 마음에도 비가 촉촉이 내리는 듯하다.

36. 강을 건넜다

모든 것을 잃고 나니 내려놓을 수밖에 없었다. 가진 것이 하나도 없게 될 때까지 나는 무엇을 했던 것일까? 어리석었기 때문이었다. 하나라도 더 갖기 위해, 나의 뜻대로 나 스스로와 주위의 사람들이 살아가게 하기 위해, 미련하게도 끝없는 탐욕 생활의 연속이었다.

욕심이 이렇게 나를 망칠지 몰랐다. 나쁜 줄 알았지만, 머리로만 이해했었다. 나하고는 전혀 상관없는 단어인 줄 알았다. 멀리 떨어진, 나에게는 다가오지 않는, 나의 세계와는 관계없는, 그러한 언어로 인식했을 뿐이었다.

그 욕심의 추진력은 나를 돌아보게 하지 못했고, 주위에서 어떠한 일이 일어나는지 볼 수 있는 눈을 가렸고, 소중한 것들이 나에게서 멀어져가는 것을 알 수 없게 만들었다.

멈추려는 마음이 간절했지만, 욕심은 그 마음을 넘어섰다. 욕심은 악마가 되어 나를 삼켰고, 나는 그 구렁텅이에서 빠져나올 수가 없었다.

가지고 있었던 것이 모두 사라져 버리자, 그때서야 그 무서운 탐욕을 내려놓을 수 있었다. 이제는 가지고 싶은 것도, 이루고 싶은 것도, 꿈꾸고 싶은 것도 없게 되었다.

나 스스로를 바라볼 수 없었던 세계에서, 이제는 매일 나를 바라보며 살아간다. 되돌릴 수 없는 시간은 어찌할 수 없으며, 다가올 시간이 어떻게 될지 알 수 없기에 그저 오늘을 만족하며 살아갈 뿐이다.

"강을 건너는 자들은 얼마 없다. 대부분이 강 이쪽 기슭에 머물며 공연히 바쁘게 강둑만 오르내릴 뿐. 그러나 지혜로운 자들은, 길을 좇아서 죽음의 경계를 넘어, 강을 건넌다. 욕망으로부터, 소유로부터, 집착과 식탐으로부터 벗어나, 깨어남의 일곱 등불을 밝혀 온전한 자유를 만끽하며, 지혜로운 자들은 이 세상에서 스스로 깨끗하고 맑고 자유롭게 빛나는 빛이 된다. (법구경)"

이제는 강을 건넌다. 미련 없이, 이 언덕에서 저 언덕으로 그렇게 강을 건넌다. 이 세계나 저 세계나 다름이 없음을 알기에 포기하지도 않고 희망하지도 않는다.

나 스스로 빛난다 해서 무슨 소용이 있을까? 그 누구를 비추어 줄 수도 없다는 것을 알기에 그 소용도 의미 없다는 것을 알고는 있단 말인가?

강을 건너다 바라본다. 물이 흘러가는 것을, 바람이 부는 것을, 파란 하늘이 있다는 것을, 아무 생각 없이 그렇게 바라볼 뿐이다.

37. 이길 수 없는 것들이 있다

무언가와 싸운다는 것은 나 자신이 점점 지치고 상처를 받을 수 밖에 없다. 그 무언가가 사람이건, 어떠한 일이건, 병이건, 죽음이건 마찬가지이다. 싸워서 이겼다고 해서 승리라는 영광과 성취감 그리고 만족감만이 존재하는 것은 아니다. 그러한 과정에서 본인 또한 자신이 알지 못하는 커다란 것을 잃었다는 것을 인지하지 못할 뿐이다. 물론 그러한 것을 인식하고 있다면 애처 싸우려 하지도 않았을 것이다.

싸워 이겨서 자신이 목표했던 것을 얻었다고 해서 그것이 얼마가 가치가 있는 것일까? 시간이 지나고 나서 후회하게 될지도 모를 일이다.

우리의 삶에는 싸워서 이길 수 없는 것들도 많이 있다. 불치의 병이나 죽음 같은 것은 싸움의 대상이 아니다. 결코 이길 수 없는 상대이다. 어차피 패배가 자명한 사실일 뿐이다. 차라리 죽음을 인정하고 받아들이고 싸움을 그만둔다면 새로운 삶이 보일 수도 있다.

내가 상대하지 말아야 할 사람도 마찬가지이다. 나와 다른 길을 가야 할 사람이라면 싸울 필요가 없다. 그가 가고자 하는 길을 가게 내버려 두고, 싸움 자체를 하지 않는 것이 오히려 서로를 위한 것일지도 모른다.

나와 생각이 다르거나 서로에게 호감을 느끼지 못하는 경우 싸움 자체는 아예 의미가 없다. 오히려 서로에게 더 커다란 상처를 남길 뿐이다.

싸우고 싶은 마음이 드는 것은 인지상정일지 모른다. 싸우지 않으면 나의 존재가 무시당하는 것 같고, 화가 나고 분노가 생기고 증오가 올라오기는 하지만 용기를 내서 이를 피하는 것이 오히려 현명하다.

차라리 이길 수 없는 것들이 있다는 생각을 가지고 싸움을 시작하지 않거나 싸움을 멈추는 것이 진정 나를 위한 길일지도 모른다.

싸워나가는 그 과정에서 소모되는 엄청난 에너지와 시간이 오히려 그 싸움보다 더 소중할지 모른다. 의미가 있는 싸움인지 신중하게 생각하고 나서 그렇지 않다고 한다면 바로 그 순간 멈추는 것이 소중한 나의 삶을 위한 길이 아닐까 싶다.

내가 이길 수 없다는 것이 많다고 해서, 내가 패배자가 되는 것은 아니다. 오히려 그것을 인정하고 보다 나은 나의 삶을 살아갈 수 있는 기회를 만들 수 있을지도 모른다.

38. 1차원적 인간관계

프랑크푸르트학파의 거두였던 헤르베르트 마르쿠제는 그의 저서에서 1차원적 인간을 "고도로 발달한 산업사회에서 인간의 사상과 행동이 체제 안에 완전히 내재화되고 변혁 능력을 상실한 인간"이라고 말한다.

현재는 과학기술의 발달로 인해 인간이 노동 시간은 줄어들었고 생산성은 향상되었다. 이로 인해 노동자는 상대적으로 자유롭게 되었고, 여가를 즐길 수 있는 경제 여건도 마련되었다. 하지만 이러한 물질적인 풍요로 인해 사람들은 현실에 안주하고 기존의 질서를 유지하며 체제를 정당화하는 데 이바지할 뿐이다. 갈등을 싫어하며, 그저 편하고 자유롭기만을 바랄 뿐이다. 힘들거나 어려운 일들은 마다하고, 쉽게 경제적 풍요를 얻고자 희망한다.

이러한 현상은 인간관계에서도 마찬가지이다. 자신을 힘들게 하거나 싫어하는 사람과는 관계하지 않으려 하며, 자신을 위해 희생하고 무언가를 해줄 수 있는 사람에게 관심을 보일 뿐이다.

아무리 가까운 가족이나 친구들, 친척들이라 할지라도 자신에게 그리 도움이 되지 않거나, 성격이나 기타 문제로 그 사람이 자신과 잘 맞지 않고, 왠지 조금이라도 불편하다면 친했던 관계였음에도 불구하고 쉽게 끊고 영원히 이별하기도 한다.

다른 사람의 존재는 오직 나의 이익만을 위해 있는 것이며, 자신을 힘들게 하거나, 나의 삶에 있어서 어려움을 주게 만들거나, 자신이 하고자 하는 일에 있어서 도움이 되지 않는다면 거침없이 그 사람과의 오랜 인연도 끝내버리곤 한다.

만약 어떤 사건으로 인해 그 사람이 싫어지거나, 증오를 느끼게 된다면 고민할 필요도 없이 그냥 그 사람과의 관계를 정리해 버리는 쪽을 선택해 버린다. 그것이 오래도록 함께 한 가족일지라도, 나를 낳아주고 키워 준 부모라 할지라도, 별 고민도 없이, 서슴지 않고 선택하여 결정해 버린다.

아무리 싫어하고 증오한다고 하더라고 오랫동안 세월을 같이한 한 사람의 소중함을 왜 그리 쉽게 잊는 것일까? 자신이 좋아한다고 잘해주고, 싫어한다고 외면한다면 그는 1차원적 인간관계만을 원하는 것밖에 되지 않는다. 자신이 비록 끔찍하게 싫어하고 증오하는 대상이라도 마음 한구석의 공간을 열어 품어나가려 노력할 때 1차원적 인간관계를 넘어서는 것이 아닐까 싶다.

우리는 그동안 내가 받았던 다른 사람의 도움을 너무 많이 잊고 살아가는 것이 아닐까 싶다. 나를 현재 힘들고 어렵게 하는 존재도 한때는 나에게 많은 것을 베풀고 힘이 되어주었던 존재가 아니었을까? 그렇게 쉽게 내치고 무관심하며 아무런 감정도 없이 관계를 끊어버리는 것이 최선일까?

쉽고 마음 편하게 사는 것은 어쩌면 가장 비굴한 선택일 수도 있다. 그런 선택을 한 경우, 나중에 다른 사람에 의해 그런 선택을 당할 수도 있다. 조금 힘들고 마음에 안 들어도 그 사람의 처지에서 생각해보면 충분히 이해할 수 있는 것들이 많은데도 불구하고, 우리는 고작 우리의 입장에서 그들을 생각하고, 판단하며 너무나 쉽게 결정하는 것이 아닌가 싶다.

39. 죽어있는 것에 대한 사랑

정신분석학에서 말하는 네크로필리아(Necrophilia)란 시체에 대해 성욕을 느끼는 성도착증을 말한다. 이는 시체같이 죽어 썩어가고 있어서 더럽고 악취가 나는 것을 좋아하는 것을 뜻하기도 한다. 이 개념은 시대가 흐르면서 살아있는 것보다 죽어있는 정밀하고 깔끔한 인위적인 것들을 선호하는 것을 지칭하게 되었다. 또한 산뜻하고 화려하며 에로틱하고 아름다운 인위적인 것들을 사랑하는 것을 일컫기도 한다.

이 개념이 말하는 것과 같이 오늘을 살아가고 있는 우리는 살아있는 생명보다는 자신이 마음대로 처리하고 소유할 수 있는 것을 더 사랑하고 있는지도 모른다. 즉, 존재하는 모든 것의 고유한 생명을 무시하고 그것들을 기술적으로 능수능란하게 처리할 수 있는 것에 더 관심을 기울이고 있다.

현대의 많은 사람은 죽어있는 것들을 사랑하기 위하여 계산적인 성격으로 살아가는 경향이 있다. 주위에 있는 많은 것들이 자신에게 얼마나 이익을 가져다주는지가 그 기준이 되어 평가하고 있을 뿐이다. 이로 인해 많은 사람은 겉으로는 친절하고 무난하게 보이지만, 내면적으로는 냉철하게 자신에게 어떤 이익이 되는지 철저하게 계산하곤 한다. 주위의 모든 것을 화폐의 가치에 따라 계산하며, 아름다운 꽃이나 자연이라도 화폐적 가치가 없으면 관심조차도 없다.

실질적으로 우리는 비합리적인 종교에 빠져 살던 중세 시대의 사람들보다 훨씬 합리적이라고 할지는 모르나, 그 합리성이라는 것이 단지 자기 이익의 부합 여부와 관계된 계산적인 합리성에 불과할지 모른다. 우리는 예전의 사람들보다 지적으로는 합리적일 수 있으나 살아있는 것에 대해서는 따뜻한 애정이 부족한 채 죽어있는 것에 대해서 집착하는 것이 사실이다.

우리는 오직 자신의 가질 수 있는 물질적 부에 관심이 있고, 그러한 부의 증가나 감소에만 지극히 예민하게 반응하며 살아가고 경향을 보이기도 한다. 재산의 유지를 위해서는 법적인 이혼도 서슴지 않으며 사회적 성공을 위해서는 가족끼리 떨어져 사는 것도 마다하지 않는다. 그렇게 헤어져 살면서 가족 일원의 외로움과 허전함에 대해서는 애써 외면하며 살아간다.

주위의 사람들이 얼마나 힘들고 고통 속에 살아가고 있는지에 대한 것보다 죽어있는 것의 자기 소유 정도에 더 민감하게 반응하며 살아가고 있다. 자신의 부동산이나 재산상의 손실에 대해서는 엄청나게 신경을 쓰면서도, 가족이나 친척, 친구들의 고통에는 그다지 마음 쓰지도 않는다. 늙고 병들어 고통 속에 살아가고 있는 부모를 자기 일과 성취를 위해 찾아가지도 않는다. 전화 한 통이나 은행 계좌에 소액을 입금하는 것으로 자신이 할 일은 다한 것으로 생각해 버리고 만다. 자신의 배우자가 직장에서 얼마나 힘들게 일하고 있는지 보다 생활비로 얼마가 주어지는 데에 더 관심이 있을 뿐이다. 가족 일원에 대한 이해보다 자신의 추구하는 목표가 우선이고, 사회적 성공을 가정보다 더 소중하게 생각한다.

생각건대 우리는 물질적인 부를 위해 서로 치열하게 경쟁하기에 인간에 대한 따뜻한 정을 느끼지 못하고 외롭게 하루를 보내고 있을 뿐이다. 다른 사람들을 자신이 목표로 하는 것을 얻기 위한 수단과 방법으로만 생각하고, 그 목표를 어느 정도 이루어 낸 후에는 그동안 함께 했던 시간과 노력을 모두 잊어버리고 미련없이 그들을 내버리기도 한다. 살아있는 것은 오직 자신의 야망과 욕망을 위해 존재하는 것일 뿐, 그 자체의 고유함이나 개성에는 관심이 없다.

우리는 평생을 행복하기 위해 살아가지만, 많은 경우 죽어있는 것의 획득을 행복이라 여기기도 한다. 그것도 죽어있는 것을 많이 얻을수록 더 행복하다고 생각한다. 하루 일과가 끝나고 돌아갈 집이 하나만 있어도 되는데도 불구하고, 수십 채, 아니 수백 채, 심지어는 수천 채의 집을 가지고 있는 것이 자기 행복의 절정이라고 생각한다. 집을 가지지 못한 이들의 고통은 아랑곳하지 않은 채 자신의 욕심을 채우기에 급급할 뿐이며, 그 욕심은 채우면 채울수록 더욱 갈증만 일으킬 뿐이다. 그 많은 재산과 부동산을 위해 목숨을 걸고 살아가다가 어느 날 허망하게 이 세상을 떠나고 만다.

죽어있는 것을 사랑하고 있는 우리는 내적으로 병들어 있는 것은 아닐까? 살아있는 것에 대한 감동이나 공감도 없이 오늘을 살아가고 있는 것은 아닐까? 죽어있는 것에 대한 집착은 내적인 자아의 죽음을 의미하고 있는 것은 아닐까?

우리는 왜 살아있고 감동을 주는 따뜻한 것에 대해 애써 외면하며 살아가고 있는 것일까? 오늘 하루도 나는 무엇을 위해 살아가고 있는가? 죽어있는 것을 얻기 위해 발버둥치고 있는 것은 아닐까? 죽어있는 것을 사랑하는 우리는 어쩌면 죽어있는 것을 추구하는 종교의 광신자일지도 모른다.

40. 나는 누구의 이름을 부르고 있는가?

아무도 없는 곳에서, 그 누구의 도움도 구할 수 없는 곳에서 모든 것을 홀로 헤쳐 나가야 한다는 것은 그리 힘든 일은 아니었다. 혼자서 해결해 나가는 것이 습관이 되어서 그런 것인지는 모르나, 곁에 아무도 없을지라도 그것이 당연하다는 생각이 들었던 것이 사실이다.

누구를 의지하고픈 마음이 없었던 것은 아니다. 누군가와 함께 하고 싶은 마음이 있었던 것이 솔직한 마음이다. 그 누군가가 나를 도와준다면 많은 힘이 될 거라는 생각은 했으나 기대하지는 않았다.

하지만 나의 한계에 이르렀을 때는 나도 모르게 그 누군가의 이름을 부르곤 했다. 무의식에서라도 나에게 힘이 되어 줄 수 있을 것 같다는 생각이 들었기 때문이다.

내 목소리로 누군가의 이름을 부르고 그 사람을 찾는다는 것은 그를 진정으로 사랑하기 때문일 것이다. 또한 그 사람이 나에게 중요하기 때문이기도 할 것이다. 하지만 그 이름을 부른다고 해서 그 사람에게 많은 것을 기대하지는 않았다. 오래전부터 혼자 지내던 습관이 그렇게 무서운 것인 줄 그때야 알았다. 겉으로는 누군가의 이름을 부르고 찾을지언정 나의 내면은 그저 지나가는 바람에게 기대를 하는 것과 다름 아니었다. 물론 실질적인 도움을 받기도 하고, 커다란 응원이 되어 주기도 했지만, 그것이 그리 오래가지는 않았다.

하지만 솔직한 심정은 나도 누군가의 이름을 마음 편히 부르고 싶었다는 것이다. 삶에 대해 투정도 하고 싶었고, 나의 어깨에 있는 짐도 내려놓고 싶다는 말도 하고 싶었다. 그러한 짐을 받아 줄 수 있는 사람이 없다는 것을 잘 알면서도 그런 생각이 드는 이유를 알 수가 없었다.

인연이라는 것이 무거우면서도 가볍다는 사실을 깨달았을 때, 그 인연의 무게만큼이나 그 사람에 대한 이름의 무게를 알게 되었다. 이상하게도 무거운 이름일수록 나의 입술에서 그 이름을 부르고 싶었다.

아무도 없는 광야에 나 혼자 서 있을 때 나는 누구의 이름을 부르고 있을까? 추운 한 겨울 함박눈이 펑펑 쏟아지는 하얀 들판에서 나는 그 누구의 이름을 부르고 있을까? 커다란 슬픔으로 나의 눈에서 나도 모르는 눈물이 뚝뚝 떨어지고 있을 때 나는 누구의 이름을 부르고 있을까? 너무나 기쁜 나머지 하늘을 날아갈 것 같은 기분일 때 나는 누구의 이름을 부르고 있을까?

코흘리개 시절 내가 불렀던 이름들, 중고등학교 시절 집과 학교만 오고 가며 불렀던 이름들, 대학에 들어가 무엇이든지 해보려고 돌아다니며 불렀던 이름들, 대학을 졸업하고 낯선 이국땅에서 내가 불렀던 이름들, 다시 한국에 돌아와 이제까지 내가 불렀던 이름들, 그동안 돌이켜 보니 참으로 많은 이름을 불렀던 것 같다.

그 모든 사람이 이제는 어디에 가 있는지, 무엇을 하고 있는지, 살아 있는지, 다시 만날 수는 있는지 알 수가 없다. 내가 그동안 불렀던 그 많은 이름 중에서 앞으로 또 부를 수 있는 이름은 얼마나 될까?

인연이 질긴 것이었다면 아직도 그 많은 이름 중에서 지금도 부르고 있을 터인데, 요즘 내가 부르는 이름은 그리 많지 않은 것 같다.

세월이 흘러가듯, 내가 알고 있었던 그 이름들도 세월의 강에 묻혀 그렇게 흘러가는 것 같다. 다시 부르고 싶은 이름도 있는데, 다시 만나고 싶은 이름도 있는데, 나의 잘못을 이야기하고 싶은 이름도 있고, 고마웠다고 말하고 싶은 이름도 있고, 너무나 보고 싶었다고 이야기해 주고 싶은 이름도 있지만, 아마 나의 이러한 소원은 이루어질 것 같지는 않다.

그래도 나의 마음속으로 나를 스쳐 지나갔지만, 마음속에 남아 있는 이름을 부르고 싶다. 나의 내면 깊은 곳에 아직도 존재하고 있는 그 이름들을 부르고 싶다. 다시 만나지는 못할지라도 그 이름이라도 불러야 할 것 같다. 다시 손을 붙잡고 이야기를 하면서 그 이름을 부르고 싶다.

나는 오늘 나의 내면에서 누구의 이름을 부르고 있는 걸까? 아마 그 사람이 나의 마음 가장 깊은 곳에 자리 잡고 있는 사람이 아닐까 싶다.

41. 삶은 그렇게 스쳐 지나간다

소중했던 친구와의 우정은 잊을 수가 없다. 순수했던 마음으로, 어떤 것도 바라지 않은 채, 그렇게 시간을 공유하며 친해져 갔다. 상대의 형편을 헤아리며, 서로를 배려하며, 나의 것보다는 친구의 것을 더 소중히 생각했는지도 모른다.

욕심이라는 것도 없이, 그저 함께하는 시간으로도 충분했다. 누구 옳은지 따지지도 않은 채, 적당히 타협하면서, 친구의 의지를 인정하며 그렇게 시간이 쌓여갔다.

신뢰는 시간의 누적만으로는 충분하지 않다는 것을 안다. 아무리 많은 시간을 함께 했음에도 어느 순간 가는 길을 달리 할 수도 있다. 누군가는 많은 시간이 정을 쌓이게 한다고 하나 나는 그것을 믿지 않는다. 단순한 시간의 합은 그저 시간의 흐름밖에 되지 않음을 너무나 잘 안다. 그 친구와의 신뢰는 시간과는 그다지 상관이 없는 우리만의 함수였다는 것을 그때 이미 알 수 있었다.

함께 했던 시간이 너무나 좋았기에 그러한 순간들이 아주 오래도록 계속될 줄만 알았다. 하지만 그러한 나의 생각은 오로지 희망 사항이었나 보다.

삶은 나의 믿음을 무참히 깨버리고 전혀 예상치 못했던 방향으로 흘러가 버렸다. 다른 사람은 몰라도 가장 신뢰했던 그 친구와 아주 오래도록 얼굴을 보며 살아가는 이야기를 나누고, 힘들 때나 어려울 때나 기쁠 때나 행복할 때나 그 언제든지 우리들의 삶을 공유하게 될 줄로만 기대했건만, 그것은 단지 이루어질 수 없는 꿈이었다.

나에게 주어진 길을 따라 나는 나의 길을 가야 했고, 그 친구 또한 그 친구에게 주어진 길을 가야만 했다. 비록 어긋난 길은 아니지만 다른 갈래의 길이었기에, 살아가야 하는 공간 자체가 다를 수밖에 없었다.

우리에게 주어진 길을 나름대로 최선을 다해 가다 보니 마음속에서 항상 그 친구가 있었으나 만나지도 못하고 이야기도 하지 못하며 우리가 살아가는 삶에 대해 공유하지도 못했다.

시간의 절벽에 서 있었던 것인지, 공간의 끄트머리에 있었던 것인지 모르지만, 가장 소중했던 그 친구가 이제는 어디에 살고 있는지, 무엇을 하는지, 살아는 있는지조차 모르게 되었다. 아무리 찾으려 해도 찾을 수 없고, 보고 싶어도 볼 수가 없는 이 상황을 예상조차 하지 못했건만, 삶은 이렇게 냉정한가 보다.

그동안 살아오면서, 그리고 앞으로 살아가면서 그 친구 같은 사람을 만날 수가 있을지 생각해 본다. 단언컨대 나의 평생에 그런 사람을 다시는 만나지 못할 것 같다는 생각이 든다. 만약 그렇다면 그 친구와 함께 했던 그러한 시간과 추억이 다시는 나의 평생에 없을 것이다. 그 생각을 하니 왠지 서글퍼지고 가슴이 먹먹하다. 그렇게 소중했던 순간들을 다시 경험할 수 없다는 것에 마음이 아플 뿐이다.

삶은 그렇게 스쳐 지나가 버리는 것일까? 스쳐 지나고 나면 영영 끝인 걸까? 마음에서 아무리 원한다고 해도 그 시간들이 다시는 가능하지 않은 것인가? 아무리 만나고 싶다고 해도, 기쁜 얼굴로 예전의 그 추억을 이야기하고 싶다고 해도, 이제는 그러한 기회가 나에게는 없는 것일까?

스쳐 지나가 버리는 그러한 삶들이, 다시는 돌아오지 않는 그러한 인연들이, 오늘따라 나의 마음을 무겁게 만들고 있다. 그때는 정말 몰랐고, 아마 지금도 그 스쳐 지나가는 것을 인식도 하지 못한 채 어쩌면 그냥 흘려버리고 있는지도 모른다.

영원할 줄 알았던 그 순간들, 아닌 영원하지는 않아도 어느 정도는 계속될 줄 알았던 그런 소중한 순간들이 그저 지나가 버리고 나면 영영 그렇게 끝이 나는가 보다. 아무리 원한다고 해도 그 소원이 이루어지지 않는다는 것을 모르는 바는 아니지만, 마음 깊은 곳에서는 아직도 희망을 버리지 못하고 있는 것 또한 사실이다.

이제는 마음을 접으려 한다. 삶은 워낙 그렇다는 것을 받아들일 수밖에 없다는 것을 안다. 아무리 소원을 한다고 해도 스쳐 지나가 버린 그 삶이 돌아오지는 않는다.

하지만 너무나 아름다웠다. 스쳐 지나가 버린 나의 그 삶의 순간들이.

42. 나의 삶에 필요한 것은 무엇일까?

머나먼 여행을 떠날 때 필요한 것들이 있듯 나의 삶을 살아갈 때 필요한 것들이 있다. 물론 여행을 갈 때 아무런 준비도 없이 무작정 길을 나설 수도 있겠지만, 그래도 물이나 먹을 것, 추울 때를 대비해서 입을 옷이라도 챙겨서 간다면 더 나은 여행이 될 수 있지 않을까 싶다.

나의 삶의 길을 걸어갈 때 무엇보다 필요한 것은 내가 살아있음을 느낄 수 있는 것이다. 살아있음을 느낄 수 있다는 것은 내가 나의 삶의 온전한 주인이기에 가능한 것이 아닐까 싶다. 타인에 의한 세상이 아닌 나의 의지로 만들어가는 삶을 경험할 수 있는 그러한 살아있음을 느끼고 싶다.

살아있음을 느낄 수 있다면 내가 가지고 있는 모든 것을 다해 있는 힘껏 나의 삶을 불태울 수 있을 것 같다. 나의 존재를 증명할 수 있기에, 내가 가장 좋아하는 일이기에, 그 일을 하면서 내가 행복할 수 있기에, 나의 소중한 시간을 그것에 집중해서 사용해도 하나도 아깝지 않기에 나의 하루가 온전히 충실하게 채워질 것만 같다.

무언가 중요한 것을 하고 있다는 느낌을 가질 수 있을 것 같고,

나만이 할 수 있는 일인 듯하고, 이 세상에 살면서 그래도 후회가 없을 것 같은 그러한 일들이 바로 살아있음을 느낄 수 있는 것들이 아닌가 싶다.

나의 능력을 최대한 발휘할 수 있고, 내가 가지고 있는 재능을 마음껏 펼칠 수 있으며, 소원하고 바라던 것을 할 수 있는 그러한 일에서 내가 살아있음을 느낄 수 있을 것이다. 그러한 느낌으로 살아간다면 비록 짧은 인생일지는 모르나 후회할 것 같지는 않다.

내가 살아가면서 필요한 또 다른 것은 나를 필요로 하는 사람, 나의 사랑이 필요한 사람이다. 나를 필요로 하는 사람이 하나도 없다면 그것만큼 나의 마음이 아픈 것도 없을 것이다. 나의 사랑이 필요한 사람이 하나도 없다면 그 또한 슬픈 일이 아닐 수 없다. 나의 몸이 힘들고 정신적으로 어려워도 나를 찾아주는 사람이 나의 존재를 의미 있게 만드는 것 같다. 그 사람을 위해 내가 무언가를 할 수 있다면 나는 여한이 없을 것 같다.

내가 존재한다는 것은 무언가를 하기 위함이고 그 무엇 중의 하나가 바로 나를 아껴주고 생각해주는 사람을 위해 나의 모든 것을 아낌없이 주는 것이다. 어떤 것을 주어도 하나도 아깝지 않은 사람, 내가 할 수 있는 것을 다 해주고 싶은 사람, 그런 사람이 있기에 내가 살아갈 수 있는 것이 아닐까 싶다.

누군가는 나에게 물질적인 것은 필요 없냐는 질문을 한다. 물론 물질적인 것도 필요는 하다. 하지만 나는 그런 것에 그리 욕심나지 않는다. 서울의 아파트도 저는 필요 없고, 고급 승용차도 필요하지 않다. 예전에 그런 것에 관심이 없었던 것은 아니다. 하지만 나의 욕심이 끝도 없다는 것을 알게 된 이후 그러한 물질적인 필요에 대한 것은 이미 마음을 접었다.

그것을 얻으려 노력하다가 소중한 저의 인생이, 한 번뿐인 저의 삶이 모두 흘러가 버릴 것 같은 무서운 생각이 들었기 때문이다. 아무리 돈이 많아도, 아무리 좋은 집에 살아도, 누구나 부러워하는 자동차를 운전하고 다녀도, 나는 하나도 부럽지 않다. 그러한 것들이 나의 삶에 있어서 필요한 것이라는 생각이 들지 않는다. 물론 그러한 것이 필요한 분들도 있을 것이다. 하지만 이제 남아있는 시간들을 위해 그러한 것들을 얻으려 노력하려고는 하지는 않으려 한다.

나에게는 살아있음을 느낄 수 있는 것과 나를 필요로 하고 생각해주는 사람보다 더 소중한 것은 이제 없다. 나에게는 그것들이 한 번뿐인 제 삶에 있어 전부라는 생각이다.

43. 타인이 내 뜻대로 되기를 바라지 않아야 했다

나름대로 확신이 있었다. 나의 경험으로 증명되었기에 옳다고 생각했다. 많이 그리고 깊게 생각한 것으로 착각하였다. 먼저 걸었던 길이라 맞는 것으로 느꼈다. 그래서 다른 사람에게 그렇게 기대했었나 보다.

타인이 내 뜻대로 되지 않는다는 것을 잘 알면서도 왜 기대를 했던 것일까? 그것이 나의 한계였는지도 모른다. 알면서도 바라는 것, 이해하면서도 희망을 버리지 못하는 것, 지금 돌이켜 보면 너무나도 어리석은 생각이었음을 부인할 수 없다.

다른 사람이 내 뜻대로 되지 않기를 바랐다면 얼마나 좋았을까? 그저 그 사람이 하는 대로 내버려 두는 것이 더 좋았을 것 같다. 내가 아무리 옳다고 믿고 확신하더라도 그것은 나만의 세상이라는 것을 알면서도 받아들이지는 못했다는 생각이 든다.

이제는 다른 사람에게 기대를 하지는 않는다. 나의 뜻과 같을 것이라는 생각도 하지 않는다. 그들이 나의 뜻대로 될 것이라고 희망하지도 않는다. 내가 할 수 있는 것은 그냥 멀리서 그들을 바라볼 뿐이다. 물론 그것 또한 최선의 방법이 아니라는 것을 안다. 하지만 그 길이 오히려 낫다는 생각이 든다. 나중에 어떻게 바뀔지는 모르지만 지금 나의 생각은 그것이 나를 위해서나 타인을 위해서 더 자유로움을 보장하는 것 같다는 생각이 든다.

타인을 인정하지 못했음을 고백한다. 그 존재의 소중함을 외면했는지도 모른다. 하지만 더 나은 길이 있을 것 같아 그렇게 타인에게 기대를 했었다는 것 또한 나의 솔직한 마음이었음을 말하고는 싶다. 그것이 나의 욕심이었다는 것을 알기는 했지만, 그 욕심을 내려놓기는 쉽지 않았다. 아니 그 욕심을 사랑이라고 생각했던 것 같다. 사랑은 결코 마음만으로 되지는 않는다는 것을 깨달았다.

이제는 있는 그대로 세상을 보고, 나의 생각이나 판단을 최대한 개입하지 않으려 한다. 있는 그대로 받아들이고 존중하기로 마음먹고 있으나 쉽지 않다는 것도 안다. 하지만 시간이 흐르다 보면 조금씩 좋아질 것이라는 생각을 한다.

그런데 솔직히 타인에게 기대를 하지 않음으로 인해 마음은 편하나 걱정되는 것 또한 사실이다. 아직도 나의 욕심인 것일까? 아니면 그만큼 애착이 있기 때문일까? 하지만 이제는 눈감고 과감하게 내려놓으려 한다. 기대를 하지 않아도 별 차이가 없을 것이라는 생각이 들기 때문이다.

분명한 것은 다른 사람이 내 뜻대로 되기를 기대하지 않았어야 했다는 것은 아무리 생각해도 맞는 것 같다. 그렇게 하지 못했음을 후회할 뿐이다. 가까운 사람일수록, 사랑하는 사람일수록, 소중한 사람일수록 그렇게 해야 했음을 이제야 알게 되니 조금은 허무하나 이제라도 그렇게 살아가야 하겠다는 생각이다.

무더운 여름이 다가온다. 여름이 덥지 않기를 기대하지 않는다. 당연히 더울 수밖에 없을 것이다. 이제는 타인이 내 뜻대로 되기를 기대하지 않는다. 당연히 내 뜻대로 되지 않을 것이다.

44. 내게 이르지 않은 슬픔

아직은 나에게 다가오지는 않았지만, 언젠간 느끼게 될 슬픔이 있다. 그것을 거부하고 싶지만 거부할 수도 없고, 피하고 싶지만 피할 수도 없음을 너무나 잘 안다. 어떻게 감당해야 할지 알 수도 없고, 과연 내가 이겨낼 수 있을지 두렵기도 하다.

솔직한 심정은 그 슬픔이 나에게 오지 않기를 바랄 뿐이다. 그 슬픔을 피할 수 있는 방법은 있다. 나의 존재가 사라진다면 가능할 것이다. 그렇기에 운명은 아주 얄궂은 보기 싫은 존재라는 것을 느낄 뿐이다.

돌이켜 보면 슬펐던 순간이 적지 않았던 것 같다. 그러한 시간들을 어떻게 견디어내고 버티어 냈는지 지금 생각해 봐도 스스로 이해하기 힘들기도 하다. 그만큼 슬픔의 깊이가 컸던 것 때문일까?

젊어서 고생은 사서도 한다는 말을 제일 싫어한다. 그 말은 고생을 하지 않은 사람이 하는 말이란 것을 아는지 모르겠다. 진정으로 고생을 한 사람은 그 말이 얼마나 허무맹랑한 것인지 몸으로 느낄 수 있을 것이다.

슬퍼도 슬퍼하지 않으려 했다. 어차피 세상에 아무것도 가지고 오지 않았으니 내 것이 없고, 이 세상을 떠날 때도 아무것도 가지고 가지 못할 것이니 아쉬울 것도 없다. 하지만 그러한 생각을 따라가지 못하는 것이 있으니 그것이 바로 나의 영혼인가 보다.

그러한 슬픔을 신의 뜻이라고 생각해야 할까? 아니면 모든 것의 원인은 나로부터 말미암은 것이니 어쩔 수 없는 것이라 생각해야 하는 것일까? 그렇다면 나로부터 말미암지 않는 것도 있으니 그것은 어떻게 해석해야만 하는 것일까?

감당할 수 있는 슬픔만 신이 허락했으며 좋겠다. 따라서 이제부터라도 신은 자비로운 존재라고 믿으려 한다. 나를 불쌍히 여겨줄 수 있는 그러한 존재로 의지하려 한다.

많이 슬펐던 사람들이 생각난다. 나보다 훨씬 커다란 슬픔을 겪었던 사람들을 잘 알고 있다. 그 사람들이 어떻게 살아갔는지도, 어떻게 세월을 견디고 살아냈는지도 기억하고 있다. 그들도 감당했기에 나도 감당을 할 것 같다는 생각이 든다. 하지만 그 감당해야 하는 시간이 싫은 것은 솔직한 마음이다. 먼저 그러한 시간을 감당했던 사람들을 생각하면 나도 버티어 내야 하는 것인지 잘 모르겠다.

물론 아직 이르지 않은 슬픔을 가지고 왜 벌써부터 그러냐고 물을지도 모른다. 나도 그것은 잘 모르겠다. 왜 진작에 그런 생각을 하는지 나 스스로도 이해가 되지 않는다. 현재를 살아가지 못하는 나 자신이 무지한 것인지도 모른다. 지금부터 마음의 준비를 하면 그 슬픔이 다가왔을 때 조금은 덜 힘들 것이라 생각해서 그러는 것인지도 모른다.

내게 이르지 않은 슬픔이 존재하는 것은 삶은 한 번뿐이니 그 모든 것을 경험해 보라고 주어지는 것일까? 아니면 자연의 순리이니 예외가 없기 때문인 것일까?

이제는 마음의 문을 열고 조금씩 더 많은 것을 받아들이려 한다. 그 어떤 것도 거부하지 않은 채, 두려워하지 않고, 고개를 꼿꼿이 들고, 어깨를 펴고, 눈에 힘을 주어가며, 다 받아들이는 준비를 하려고 한다. 하지만 눈에서 눈물이 흐르는 것을 막을 방법은 없을 것 같다. 그것은 나의 약하디 약한 영혼에서부터 나오는 눈물일 수밖에 없을 것이다. 아직은 내게 이르지 않은 슬픔을 그렇게 준비할 수밖에는 없을 것 같다.

45. 신은 나를 알겠지

내 주위에 나의 마음을 알아주는 사람은 과연 얼마나 될까? 진심으로 최선을 다해 그들을 위해 노력하고 애쓰지만 막상 그러한 것을 알아주지는 않는 것 같다. 알아주기를 바라기에 모든 일을 하는 것은 아니다. 만약 그랬다면 처음부터 아무것도 하지 않았을 것이다.

나의 말과 행동이 가끔 오해를 받을 때가 있다. 물론 내가 잘못을 하는 것도 있겠지만, 그들도 그들의 관점에서만 나를 보기에 그럴 수도 있을 것이다. 카메라에 노란색 필터를 끼우고 사진을 찍으면 노란색 사진이, 파란색 필터를 끼우고 사진을 찍으면 파란색 사진이 나온다. 그들의 관점에 대해 안타까울 때가 많이 있다. 하지만 내가 그들의 관점을 바꾸어 주기에는 역부족이라는 생각이 든다.

그들이 모르는 진실이 있는데도 불구하고 오로지 자신들이 아는 것으로만 생각하고 판단하기도 한다. 그로 인해 사실이 사실이 아닌 것으로, 사실 아닌 것이 사실인 것으로 돌변을 하기도 한다.

문제는 여기에 있다. 그러한 진정한 사실을 모르는 상태에서 모든 선택과 결정이 이루어진다는 것이다. 그들은 그 사실이 진실인지 파악하려 노력조차 하지 않으며, 자신의 생각이 옳지 않을 리 없다는 생각조차 하지 않는다. 열린 가능성이 전혀 없는 채 중요한 것들이 선택 당하고 결정되어 버리고 만다.

그러한 결정이 아무런 문제를 일으키지 않느냐 하면 전혀 그렇지 않다. 오히려 현재보다 더욱 심각한 문제를 야기하며 더 이상 회복될 수 없는 상태로 굳어지기도 한다. 돌이킬래야 돌이킬 수 없는 종착역에 도착하고 나서 잘못된 곳에 왔다고 생각할 뿐이다. 이제 돌아갈 기차도 없고 그럴 시간도 없으며 아무런 기회조차 남아있지 않을 뿐이다.

내가 아무리 설명을 하고 이해를 시키려 해도 귀를 막은 채 눈을 가린 채 그러한 노력을 외면하고 오직 자신이 서 있는 그 자리를 고집할 뿐이다. 내게는 그 어떤 기회도 더 이상 주어지지 않기에 어떤 노력도 허사가 될 뿐이다. 그것이 아쉽고 안타깝지만, 제가 할 수 있는 것은 하나도 없다. 그저 멀리서 바라보고 애만 태울 뿐이다.

하지만 신은 나의 마음을 알고 있을 것이다. 그 진실의 모습도, 모든 형편도, 어쩔 수 없음도, 내가 하지 못하는 그 한계도 신만은 알고 있을 것이다.

아쉽지만 그것으로 위로를 삼으려 한다. 그 누군가 한 명이라도 나의 진실된 마음을 알고 있는 것으로 만족하려고 한다. 예전엔 희망을 어느 정도 가지고 있었으나, 이제는 더 이상 바라지 않으며 그저 그렇게 마음을 접으려 한다. 진실은 변하지 않고 영원하다는 것만 믿으려 한다. 그래도 나를 알아주는 존재가 한 명은 있었다는 것만으로도 감사한다.

46. 그렇게 행복해지고 싶었거늘

그동안 열심히 살아온 것은 행복해지고 싶었기 때문이다. 어떻게 해야 행복할 수 있을지 고민하고 그렇게 될 수 있도록 노력하고 기도했다. 하지만 그러한 과정에서 행복을 느꼈던 적이 그리 많았던 것 같지는 않다. 내가 너무 많이 바랐기 때문일까? 너무 욕심을 부렸던 것일까?

어떠한 것을 이루고 나면 행복하게 되는 줄 알았다. 그것이 이루어지도록 나름대로 최선을 다하고 무리하기도 했었음을 인정한다. 하지만 바라는 것이 클수록 나로부터 그것들이 멀어져가는 것을 알게 되었다.

나 자신이 행복하기를 너무 원했기에 행복할 수 없었다는 것을 이제야 조금씩 알 듯하다. 행복은 주어지는 것도 아니고 노력해서 얻어지는 것도 아니라는 것을 느끼게 된다. 순간적인 기분 좋음, 순간적인 만족함은 더 많은 행복을 추구하게 될 뿐, 오히려 지금 누려야 할 행복을 인식하지 못하게 만드는 것이 아닌가 싶다.

이제는 애써서 행복을 찾지도 않고, 행복하기 위한 조건에 대해 고민하지도 않는다. 행복을 위해 무언가를 이루기 위한 목표도 세우지 않는다.

이제 그냥 지금 행복하려고 한다. 행복을 바라고 기도하기보다는 지금 있는 그대로의 것으로도 충분히 행복할 수 있다는 인식을 가지려고 한다. 더 많은 것을 바라고 노력하다가 지금 행복할 수 있는 순간마저 잃어버릴지 모르기 때문이다.

그렇게 많은 것을 잃어버렸던 것 같다. 충분히 행복할 수 있었는데도 불구하고, 더 커다란 행복을 추구하고 기원하는 바람에 행복할 수 없었던 것 같다.

행복에 대한 바람을 버리니 오히려 마음이 편안해짐을 느낀다. 그동안 그렇게 바랐던 행복이 나에게 오지 않더라도 아무런 문제가 없을 것 같다.

이제는 예전처럼 행복하기를 바라지는 않는다. 그것이 엄청난 것이 아님을 잘 알기 때문이다. 내가 바라는 것이 이루어진 순간은 지나가 버릴 뿐 영원하지도 않고 반복되지도 않다는 것을 이제야 알게 되었다. 행복이라는 느낌 없이도 살아가는 데 아무런 문제가 없다는 것을 안다.

요즘엔 사소한 것에도 만족을 하곤 한다. 예전에는 이루어지기 힘든 것만 꿈꾸느라 조그만 것에는 아무런 감흥이 없었다. 행복할 수 있기를 바라는 마음을 버리니 이제 조금씩 행복이라는 것이 찾아오는가 보다.

그렇게 행복하기를 원했던 저 자신이 부끄러울 따름이다. 그 시간을 돌이킬 수는 없지만, 아직은 시간이 많이 남아 있기를 바랄 뿐이다.

47. 올바른 선택이었을까?

어떤 목적지를 가려다 보면 수많은 길들이 놓여 있다. 많은 사람들은 최선의 길이 있을 것이라 믿는다. 시간을 최소화하고 거리가 가장 짧으며 막히지 않는 길로 선택을 한다. 놀라운 것은 대부분의 경우 그 길이 가장 좋은 길이라 믿는다는 것이다. 정말 그 길이 가장 좋은 길일까?

그렇게 믿었던 길을 가다가 어떤 일이 일어날지는 그 누구도 모른다. 상상하지도 않았던 교통사고가 날 수도 있고, 전혀 예상하지 않은 일이 일어날 수도 있다. 실제 그러한 경우는 빈번히 일어난다. 가장 최선의 길이라 생각하여 선택했지만, 그 길이 가장 좋은 길이 아닐 수도 있다.

우리는 살아가면서 많은 선택을 한다. 우리가 하는 선택들이 정말 올바른 선택일까? 나름대로는 가장 좋은 것이라 믿고 했지만, 그 이후에 어떠한 일들이 일어날지 모든 것을 예상할 수가 있었을까? 만약 그렇게 믿는다면 아직 그 길을 다 가지 않았기 때문일 것이다.

올바른 선택이라는 것이 있을 수 있을까? 정말로 그러한 선택이 가능할까? 선택을 한 후 걸어가야 하는 길이 얼마 남지 않았다면 그러한 가능성이 존재할 수도 있을 것이다. 하지만 선택 후에 가야 하는 길이 아직도 많이 남아 있다면 당신이 한 선택이 생각하지도 않았던 길들로 가득 차 있을지도 모른다. 그 길을 가다가 자신이 선택하기 전에 몰랐던 일들도 알게 되고, 잘못된 생각으로 판단했던 것도 깨닫게 될지 모른다.

올바른 선택이라고 확신하면 할수록 우리의 선택은 우리가 가야 할 길을 구속하고 말 것이다. 당신이 믿었던 그 길을 오로지 당신이 책임지고 가야 하기 때문이다. 물론 충분히 그런 능력이 있다고 생각했기에 그러한 선택을 했겠지만, 길을 가다 보면 그 많은 길에서 최선의 길이 있다고 믿었던 것 자체가 그다지 의미가 없다는 것을 느낄지도 모를 일이다.

당신은 올바른 선택을 하였나? 아직도 그렇게 생각하고 있나? 나의 선택이 항상 옳지 않을 수도 있다는 열린 마음이 오히려 당신에게 자유를 줄지도 모른다.

48. 할 수 있는 일과 할 수 없는 일

예전엔 무엇이든 노력만 한다면 웬만한 것들은 다 할 수 있을 것이라 생각했던 적이 있었다. 내가 할 수 있는 것이 무엇인지, 할 수 없는 것이 무엇인지도 모른 채 오직 꿈과 노력만 믿었던 순진했던 때였다.

세월이 흘러가면서, 많은 일을 겪으면서, 이제는 내가 할 수 있는 일이 그리 많이 남아 있지 않다는 것을 너무나 절실히 느낀다. 그 느낌은 나의 마음을 아프게 하는 것도 사실이고, 속상하게 만들기도 한다는 것을 부인할 수 없다.

언제 이렇게 시간이 지나가 버렸는지 알 수가 없다. 나름대로는 열심히 살았다고 생각했는데 이루어 놓은 것도 없고 내세울 것도 없으니 그동안의 세월이 한스러울 따름이다.

이제는 그 무엇을 시도하기 전에 그 시도하려는 것이 내가 할 수 있는 것인지, 어느 정도 노력해서 이루어 낼 수 있는 것인지, 그것부터 생각하는 습관이 생겼다.

어느 정도 노력해서 이루어 낼 수 있는 것이 아니라면 이제 아예 시도하지 않으려 한다. 왜냐하면 제게 남아 있는 시간 동안 더 의미 있는 일이 있을지도 모르기 때문이고, 그 의미 있는 일부터,

이루어 낼 수 있는 일부터 하려고 하기 때문이다.

내가 노력해도 할 수 없는 일은 일단 시작하지 않으려 한다. 물론 그러한 일들이 예전처럼 무리하게 노력해서 얻을 가능성이 없지는 않겠지만, 그 많은 시간을 희생해 가면서 이루고 싶다는 생각은 들지 않는다.

예전에 읽었던 소설 중에 니코스 카잔차키스의 〈성 프란시스코〉라는 책이 있었다. 카잔차키스의 책은 항상 읽고 나면 마음속에 와닿았던 것을 잊을 수가 없다. 〈성 프란시스코〉도 마찬가지였다. 원래부터 성 프란시스코를 좋아했지만, 그 책을 읽은 이후로 그를 아예 존경하게 되었다. 성 프란시스코는 이런 말을 했다.

"주여, 내가 할 수 있는 일은 최선을 다해 하게 해주시고, 내가 할 수 없는 일은 체념할 줄 아는 용기를 주시며 이 둘을 구분할 수 있는 지혜를 주소서"

성 프란시스코의 이 기도가 이제는 진정으로 내 마음에 와닿는다는 것을 부인할 수 없다. 그가 왜 이런 기도를 했는지 절실히 깨닫게 되었다. 그래서 나도 그와 같은 기도를 하고 싶다. 그리고 그 기도를 따라 살아가려고 한다.

이제는 내가 할 수 있는 일과 할 수 없는 일을 구분할 수 있는 지혜가 나에게 주어지기를 깊은 마음으로 희망한다. 또한 할 수 있는 것에 최선을 다하고, 그 결과에는 초월하며, 내가 할 수 없는 일에는 연연하지 않고 과감하게 체념할 수 있는 용기를 가질 수 있기를 진심으로 바랄 뿐이다.

나의 나 됨은 내가 할 수 있는 것으로 인함이고, 내가 할 수 없는 것을 하지 않음으로 인함이라 생각한다. 나의 행위와 그 행위로 인한 나의 일들이 나 자신을 만들어 갈 수밖에 없기에 그런 지혜와 용기를 가질 수 있도록 매일 나 자신을 돌아보며 살아가고자 한다.

이제는 아무리 애를 쓰고 노력을 해도 되지 않는 일들에 마음을 주지 않으려 한다. 그것을 하지 못하더라도 저의 삶이 크게 달라지지도 않으며, 마음 아프지도 않기 때문이다.

49. 그는 나에게 보답하지 않는다

지금 가만히 생각해 보면 그때 나는 철이 없었던 것 같다. 세상을 그만큼 몰랐던 것이고, 사람이란 무엇인지 잘 알지 못했던 것이다.

내가 다른 이에게 잘해주는 것이 당연한 일이라고 생각했었다. 나름대로 그렇게 살려고 노력했다. 내가 조금 손해를 보더라고, 나에게 이익이 되지 않더라도, 다른 이를 위해 희생하는 것이 보다 나은 삶이라고 생각했었다. 물론 그것이 틀리지 않는 것이라 지금도 판단하고 있다.

하지만 문제는 내가 다른 이에게 헌신을 했으니 나의 무의식에는 그도 나에게 어느 정도 양보도 하고 좋은 일도 하고 내가 한 것만큼은 아니더라도 어느 정도 나에게 무언가를 해줄 것이라 기대했었던 것 같다.

그런 기대를 왜 했는지 지금 생각해 보면 너무나 어리석었던 저의 미련함이 부끄러울 따름이다. 게다가 그러한 기대가 이루어지지 않자, 그것이 그대로 나의 상처가 되었다.

지금 생각해 보면 내가 다른 이에게 좋은 일을 했다고 해서 그가 나에게도 좋은 일을 할 필요는 없다. 내가 그에게 커다란 헌신을 했다고 하더라도 그가 나에게 보답할 필요는 없다. 내가 누군가를 사랑한다고 해서 그가 나를 사랑할 이유가 없는 것과 마찬가지인 것이다.

그런데 문제는 내가 그러한 것들을 나도 모르게 기대했다는 것이다. 그것도 내가 한 것만큼 그 정도로 많이 기대를 했다. 그러고는 당황을 하는 것이었다. "어, 왜 돌아오는 것이 없지? 나는 너에게 이만큼이나 했는데 너는 그 정도는 아니어도 요 정도는 해야 하는 것 아닌가?" 하는 식으로 말이다.

그것이 나에게는 내면의 상처가 되었고, 가끔은 화가 났고, 어떤 때는 약이 오르기도 했다. 그러다 결국 그와 더 이상 인연이 계속되기를 거부했었던 것이다.

그러한 일들이 반복되고 나서야 나중에 깨달았다. 내가 누군가를 위해 무엇인가를 하고 나서는 그 모든 일을 바로 잊어버려야 한다는 것을. 내가 다른 이를 위해 하는 조그마한 도움을 주었더라도 그 순간 전부 잊어버려야 한다는 것을. 내가 한 일은 아무것도 없고, 그가 나에게 어떠한 도움을 받았는지 생각도 하지 말아야 한다는 것을. 나에게서 무언가가 나갔다면 그 순간 바로 그것으로 아무 생각도 하지 말아야 한다는 것을.

처음에는 조금 힘들었던 것은 사실이다. 익숙하지도 않아 조금씩 미련과 아쉬움도 있었다. 기대심리가 완전히 사라지지는 않았다.

하지만 이제는 오히려 마음이 편해지는 것 같다. 내가 한 일을 기억하지 않게 된다는 것이 사람의 마음을 이렇게나 편안하게 해준다는 것을 이제야 알게 되었다. 바람이 불어 내 얼굴을 지나가면 그 시원함을 느끼지만, 바람이 지나가고 나면 그 바람이 언제 불었는지 기억도 나지 않는 것처럼 말이다.

이제 다른 이에게 기대를 하거나 바라지 않는다. 내가 그에게 어떠한 일을 한 것은 그저 내가 좋아서 한 것 그 자체지, 그 이상도 그 이하도 아니니, 그것으로 끝이 난다는 것을 이제야 알게 되었다. 따지고 보면 그것은 내가 그에게 헌신을 한 것도 아니고, 희생을 한 것도 아니다. 그저 내가 해야 할 일을 한 것에 불과하니 그 이상을 바란다는 것이 이상한 것이었다.

하지만 아직 하나 남아 있는 것은 있다. 누군가가 나를 사랑하지 않았으면 좋겠다. 누군가가 나를 위해 헌신하지 않았으면 좋겠다. 왜냐하면 아직 나는 누군가가 나를 좋아하면 나도 그를 좋아해야 할 것 같고, 누군가가 나에게 무언가를 해주면 나도 그를 위해 무언가를 해줘야 한다고 생각하기 때문이다. 그것에서 나는 아직 자유롭지 못하니 이로부터 마음이 편해지기 위해서는 보다 시간이 더 필요한 듯하다.

50. 치유될 수 없을 것 같은 상처라도

언젠가는 다치기 마련이다. 다치지 않고 살아갈 수 있는 방법은 없다. 그 시기가 언제인지, 그 정도가 얼만큼인지가 다를 뿐이다.

다치면 아프기 마련이다. 다쳤는데도 불구하고 아프지 않은 사람은 이 세상에 존재하지 않는다. 그 상처가 어느 정도냐 따라, 어디를 다쳤느냐에 따라 고통의 차이는 있을지언정 아프지 않은 사람은 없다.

다치고 나서 아프기는 하지만 언젠가 낫기 마련이다. 너무 많이 다쳐 낫지 않을 것 같은 상처도 시간이 흐르면 언젠가는 아물게 되고, 치유될 것 같지 않은 커다란 고통도 시간이 좀 오래 걸리기는 하지만 사라질 때가 온다.

처음 다쳤을 때는 그 아픔과 고통이 사라지지 않는 것 같아 현실이 싫기도 하다. 어디론가 멀리 달아나면 그 상처가 따라오지 않을 것 같기도 해서 나름 혼자 도망가기도 한다.

두 번째 다쳤을 때는 그나마 경험이 있어 처음과는 다르지만 그래도 아픔에 익숙하지 않아 괴로움을 견디기가 쉽지는 않다. 나에게 왜 이런 일이 또 일어나는지 모든 것이 원망스럽고 화가 나기도 한다.

많이 다쳐볼수록 삶이 무엇인지, 인간이 무엇인지, 운명이 무엇인지 어렴풋하게 알게 되는 것 같다. 그리고 무엇보다 중요한 것은 아무리 크게 다치고, 그 아픔과 고통이 너무나 크더라도 시간이 지나면 서서히 치유된다는 것을 알게 되는 사실이다.

이 세상에 올 때 아무것도 가지고 오지도 않았고, 이 세상을 떠날 때 아무것도 가지고 갈 수 있는 것이 없는데, 다치고 아픈 것은 그다지 엄청난 것이 아니라는 사실을 인식하게 된다.

이제는 다치거나 아픈 것에 두렵지 않다. 나름대로 치유할 수 있는 방법을 알고, 너무 아프면 그동안 열심히 살아왔으니 이제 좀 쉬라는 의미에서 다친 것이 아닐까 하는 생각을 하게 된다. 그렇게 편하게 마음먹고 아무 생각 없이, 아무런 바라는 것 없이, 그저 혼자 방에 틀어박히거나, 마음이 통하는 사람을 만나거나, 어딘가 훌쩍 떠나거나 하다 보면, 나도 모르는 사이에 다친 상처가 어느 정도 아물어 있다.

상처가 많이 있지만, 그 상처를 가끔 돌아보며 나에게도 이렇게 아팠던 적도 있고, 참아내기 힘들었던 시간도 있었구나 하며 스스로 위로를 하게 된다. 그렇게 상처는 나에게 삶에 대한 무감각을 일깨워주는 것인지도 모른다. 만약 그러한 상처가 없었다면, 삶이 무엇인지, 사람이 무엇인지, 나는 누구인지에 대해 한 번도 생각하지 않았을지도 모른다.

이제 그 모든 상처를 끌어안고 또 살아가려고 한다. 그 상처는 온전히 나의 것이기에 내가 끝까지 끌어안고 가야 할 것이다. 나의 지금과 미래는 아마 그 상처와 함께일 수밖에 없음을 마음속에 새기며 그렇게 살아가야 할 것이다.

51. 잠시 미풍이라도 맞으렵니다

예전에는 일탈을 시간 낭비라고 생각했다. 의미 있는 순간들이 지속되는 삶이 진정으로 가치 있다고 여겼다. 그래서 앞만 보고 뛰었고, 지쳐가는 내 모습을 인식하지도 못했다. 그렇게 나의 내면은 여러모로 험하게 일그러져 갔고, 의미 있는 순간이 아닌 허무한 순간의 삶이 보이기 시작했다.

사람의 욕심은 끝이 없어 어디에서 중단을 해야 하는지도 모르게 만들고 어디에 서 있는지조차 알 수 없게 했다. 가다가 멈추어야 하는 것을 계속 가속기 페달에 발을 올려놓은 채 그 발을 떼면 큰일이라도 날 것 같이 생각되었다.

이제는 가끔 고개 들어 하늘을 바라본다. 불어오는 바람을 얼굴로 맞으며 흘러가는 구름에 저의 마음을 얹어본다. 나도 모르게 구름 따라 떠가는 영혼을 느끼기도 한다.

일상에서 잠시 벗어나는 것이 왜 그리도 어려웠던 것일까? 무엇을 위해 그 얼마 되지도 않는 시간을 아까워 했던 것일까? 지쳐가는 나 자신을 왜 깨닫지 못했던 것일까? 나 자신을 알 수 있는 것은 오로지 나일 뿐인데 왜 다른 사람한테서 그러한 것들을 기대했던 것일까?

어젯밤에는 비가 많이도 내렸다. 창문을 조금 열어놓고 빗소리를 가만히 들었다. 그 소리가 왜 그리 아름답게 들리는 것일까? 예전엔 전혀 몰랐다. 빗소리가 이렇게나 좋다는 것을 이제야 알게 되었다.

이제는 잠시라도 나 스스로 미풍을 맞으련다. 눈을 가만히 감고 불어보는 바람에 나의 마음을 어디로 가는지도 모르는 그 바람에 실어 보내련다. 그렇게 나 자신을 바라보고 살아가려고 한다. 비록 이루는 것이 별로 없고, 원하는 것을 얻지 못하더라도 그것에 집착하지 않으려 한다.

여유를 가지고 나에게 일어나는 일들을 즐기며 살아가려고 한다. 나의 생각을 비우고, 바람이 흘러가는 대로 내버려 두듯이, 아무 생각 없이 미풍을 맞고 싶다.

삶은 엄청난 것이 없음을 알기에 오늘 주어진 것을 만끽하며 지내려 한다. 푸른 하늘을 바라보고, 구름의 모습도 구경하며, 불어오는 바람을 가슴 깊이 들이마시며 그렇게 하루를 보내고 싶다.

삶에 지치지 않고, 인생의 노예가 되지 않도록 나 스스로의 주인이 될 수 있기 위해 잠시라도 여유를 찾을 생각이다. 이루어 놓은 것이 없어도 괜찮고, 바라는 것이 얻어지지 않아도 상관이 없다. 그 무엇보다 맑은 나의 마음을 위해 그렇게 미풍을 맞으며 살아가려 한다.

52. 속도를 맞춰서 걸어야 했다

모든 것은 차이가 있기 마련이다. 빨리 걷는 사람도 있고, 느리게 걷는 사람도 있다. 같은 동년배 사람들 사이에도 걸음에 차이가 존재한다. 어린아이와 함께 걸을 때는 어린아이의 걸음에 맞추어 걸어야 하고, 늙으신 부모님과 함께 걸을 때는 힘없이 걸어가시는 그 걸음에 맞추어야 한다.

내 걸음이 기준인 줄 알았다. 물론 다른 사람의 걸음이 나와 다르다는 사실을 몰랐던 것은 아니다. 충분히 알았는데도 불구하고 오직 내 걸음속도만 생각했다.

그것이 가능할 줄 알았기에, 모두에게 내 걸음에 맞추어 걸어오기를 기대했다. 왜냐하면 어떤 길이 지름길이고, 어떤 길은 위험하고, 어떤 길은 햇빛이 가려지는 그늘이 있고, 어떤 길은 밤에 가도 환한 가로등이 있다는 것을 안다고 생각했기 때문이다.

따라서 나의 걸음에 맞추어 같이 간다면 목표로 했던 그곳에 다 같이 쉽게 도달할 수 있으리라 믿었다. 그래서 무리가 되는 줄 알면서도 그렇게 다른 사람들을 보채고 힘들게 했던 것 같다.

내 걸음에 맞출 수 있는 사람은 아무도 없었다. 내 걸음이 빨라서 그런 것이 아니라 이 세상에서 내 걸음에 맞추어 걸을 수 있는 사람은 나밖에 없었기 때문이다. 그 누구도 그렇게 먼 길을 내 걸음에 맞춰서 따라올 수가 없었다.

따라오지 못하거나 앞서가는 이들에게 왜 그렇게 했는지 나도 이해가 가지 않는다. 오직 내 걸음에 맞추라고만 했을 뿐 그들의 걸음이 저와 다르다는 가장 기본적인 사실조차 몰랐다. 아니, 몰랐다기보다는 알고 있었지만 무시했던 것 같다. 오직 목표로 하는 곳에 빨리 도달하면 된다고 생각했다. 목표를 이루고 나면 할 일도 없을 텐데 왜 그리 그 목표에 집착을 했는지 참으로 어리석었던 것 같다.

다른 사람의 걸음에 맞추다 보면 자신의 걸음을 걸을 수가 없고 언젠간 동행하지 못하게 된다. 멀리 가기 위해서는 함께 가야 하거늘, 빨리 가기만을 원했기에 그 모든 것이 나의 잘못일 수밖에 없다.

나의 속도를 다른 사람의 속도에 맞추어야 했다. 힘들면 조금 쉬어가고, 비가 오면 비를 피해 가며, 속도에 연연하지 않은 채 걸어가야 했다. 시간이야 얼마가 걸리든 별 차이가 없다는 것을 몰랐다. 조금 늦게 가도 그리 큰 문제가 되지 않다는 것을 인식하지 못했다. 힘들어 지친 사람을 내가 업고 가야 했다. 나에게 그런 능력이 있음에도 불구하고 업고 갈 생각을 하지 못했다.

이제는 마음을 다잡아 나의 속도는 신경 쓰지 않고 다른 사람들의 속도에 맞추어 걸어가려 한다. 지나온 시간들은 돌이킬 수 없으니 어쩔 수 없음에 마음 아플 뿐이다. 그들의 속도에 맞추어 걸었어야 했는데, 이제야 깨닫고 보니 후회가 될 뿐이다.

53. 꿈은 고통이 될 수도 있다

한때는 푸르른 꿈을 꾸었던 것도 사실이다. 꿈을 가지고 있기에 현재를 살아갈 수 있다고 믿었다. 그것이 힘이 되고 추진력이 되어 언젠가는 그 꿈이 이루어질 수 있다고 확신했다. 물론 일부 이룬 것도 있지만, 대부분 이루지 못한 것이 더 많다는 것을 부인할 수 없다.

마음이 여리었기 때문에 그러한 꿈을 꾸었던 것 같은 생각이 든다. 세상을 너무 몰랐고, 현실을 깨닫지 못했기에 그러한 꿈들에 취해서 살았던 것 같기도 하다.

꿈을 꾸면 행복하다는 것을 너무나 잘 안다. 꿈을 가지고 있으면 희망도 생기는 것을 안다. 하지만 그 꿈에 얽매이게 된다는 것은 몰랐다. 그 꿈으로 인해 현재를 잃을 수 있다는 것도 잘 알지 못했다.

나는 이제 꿈을 꾸지는 않는다. 나에게 있어 꿈은 꿈일 뿐이다. 꿈이 없는 것은 아니지만, 그것에 집착하거나 연연하지 않는다. 그 꿈이 이루어지거나, 이루어지지 않거나 전혀 상관하지 않고 살아가려 할 뿐이다. 물론 이루어진다면 기분은 좋겠지만, 그 이상도 그 이하도 아니다.

꿈이 나를 취하게 만들고, 현실에 발을 부치게 하지 못하고, 꿈을 위해 살다 오늘을 힘들고 아프고 어렵게 하기에, 더 이상 꿈에 대해 커다란 마음을 두지는 않는다. 물론 꿈이 없는 것은 아니다. 있으나 있을 뿐인 것이다.

꿈을 이룬 순간의 기쁨을 잘 알고 있다. 그 환희의 순간을 직접 경험하기도 했다. 하지만 그것뿐이었다. 그동안의 힘들었던 순간이 훨씬 더 많았다. 물론 누군가는 그 기쁨의 순간이 모든 것을 잊게 한다고 말하기도 한다. 하지만 잃는 것 또한 많다는 것을 안다. 심지어 내가 알지 못하는 것을 그로 인해 잃기도 한다. 환희의 순간은 한 번뿐이지만, 고통의 순간은 무수히 많았다.

어떤 것을 얻기 위해서는 어떤 것을 잃어야 한다. 어떤 것이 더 소중한 것인지는 모른다. 어떤 순간 그것이 더욱 소중하다고 판단한다면, 그것은 그때뿐이다. 이 세상에 특별히 소중한 것도, 특별히 소중하지 않은 것도 없다. 단지 우리가 그 어느 순간에 생각한 찰나적 판단일 뿐이다. 시간이 지나면 저절로 알 수 있을 것이다. 현실을 모르고 순수한 마음으로 생각했던 것이 얼마나 보잘것 없는지를.

이룰 수 있는 꿈을 꾸었으면 좋겠다. 소중한 것을 잃어버리지 않은 채, 오늘을 희생하지 않은 채, 나 자신을 외면하지 않은 채, 지금을 살아가면서, 현실을 충분히 알려고 노력하면서, 그렇게 꿈을 꾸었으면 좋겠다.

54. 내가 바뀌지 않으면

우리는 평생 살아가면서 많은 사람과 관계와 인연을 맺고 살아간다. 하지만 우리가 느끼는 희로애락은 가까운 사람으로 인할 뿐이다. 나와 어느 정도 거리가 있는 사람에게서는 그러한 감정이나 마음을 별로 느끼지 못한다. 사람으로 인해 기쁘고 즐겁고 행복하고 슬프고 아프고 힘든 것은 나와 친밀한 사람으로 인한 것이 거의 대부분이다. 또한 아주 친밀한 사람일수록 느끼는 감정의 그 폭이 더 크기 마련이다. 나와 가까운 사람일수록 더 많은 것을 기대하고 더 많은 것을 바라기에 아픔과 실망이 더 클 수밖에 없다.

흔히 주위에서 "사람은 변하지 않는다"라거나 "사람은 바뀌지 않는다"라는 말을 자주 듣는다. 이 말은 무슨 뜻일까? 정말 그 말이 맞는 것일까? 이와 같은 말은 나와 가까운 사람에게 그리고 내가 정말 좋아하는 사람에게 내가 생각하고 기대하는 모습으로 변하기를 원하지만, 아무리 이야기하고 사정을 하더라도 그 사람의 모습이 항상 그 자리이기에 속상하고 마음 아파서 하는 이야기일 수 있다. 그 사람의 지금의 잘못된 모습이나, 그 사람의 단점, 고쳐야 할 점들이 어서 잘 개선이 되면 좋은데 사실 그것이 그리 쉽지 않기에 하는 말일 것이다.

하지만 생각해 보아야 할 것은 그 사람이 마음에 들지 않는 것이 있다면 그 사람 또한 나의 모습에서 마음에 들지 않는 것이 당연히 있을 수 있다. 그 사람이 나에게 바뀌기를 바라는 것은 하나도 없을까? 그 사람이 원하는 대로 나 스스로는 내 모습을 바꾸어 왔을까? 아마 그렇지 않았을 것이다. 그러기에 타인은 변하지 않는다는 말을 하고 있는 것이다.

하지만 가만히 생각해 보면 타인은 변하지 않는다는 말은 자신 또한 그에 못지않게 변하지 않고 있음을 의미한다. 사람은 바뀌지 않는다는 말 또한 자신이 그 정도로 잘 바뀌고 있지 않다는 뜻이다. 자아가 강할수록 자신은 스스로 변하지 않으려고 하고 오로지 타인이 자기가 원하는 대로 바뀌어지기를 바라고 있는 것인지도 모른다.

왜 우리는 타인의 잘못을 지적하고 타인이 자신의 기준에 맞지 않기에 자신의 생각대로 바꾸라고 주장하는 것일까? 세상이 자기 생각대로 움직여지기를 바라는 것일까? 그 사람이 그렇게 행동하고 말하고 하는 것이 마음에 들지 않는다면, 왜 그 사람만이 바뀌기를 바라는 것일까?

그 이유는 자신이 스스로를 바꾸고 싶지 않기 때문이다. 나는 나 자신을 바꾸고 변화시키는 것이 힘들고 싫고 귀찮으니까 그 사람한테 다 변하라고 하는 것이다.

만약 나 자신이 스스로 나를 바꾸고 변화한다면, 변하지 않은 타인이 다르게 보일 수밖에 없을 것이 분명하다. 이는 변하지 않았던 타인이 변한 것과 마찬가지이다. 타인은 그 스스로 자신을 바꾸지 않고 그대로인데 어떻게 그 사람이 전의 사람과 다르게 보일 수가 있는 것일까? 내가 바뀌었기 때문에 그렇다. 나 자신이 변하면 타인이 변하지 않더라도 다르게 보일 수밖에 없다.

나 자신은 스스로 변하려 노력하지도 않고 실제로 변하지도 않으면서 타인이 자신의 생각대로 변하기를 바란다면 이는 실현되지도 않을 헛된 꿈만 꾸는 것과 다를 바 없다.

타인이 변하지 않는다는 말, 사람은 바뀌지 않는다는 말은 자신이 너무나 완고하여 나 또한 변하지 않는다는 것을 스스로 증명하는 것밖에는 되지 않는다. 나 자신을 변화시키면 타인은 내가 생각했던 사람과 전혀 다른 사람으로 나에게 다가올 수 있다. 내가 변하는 것이 우선이다. 나 자신을 버리고 현재 내가 바라는 그 사람을 버리는 것이 먼저이다. 그러고 나면 타인은 변하지 않는다는 말, 사람은 바뀌지 않는다는 말은 나에게는 아무런 의미가 없는 말에 불과하게 될지도 모른다. 내가 변했기에 그는 이미 다른 사람으로 바뀌어 있기 때문이다.

55. 마음대로 되지 않습니다

지난 시간을 돌이켜 보면 내가 원하는 것이 이루어진 것보다는 이루어지지 않은 것이 더 많은 것 같다. 마음으로 진정 원하였건만, 많은 노력을 기울여 더 이상 할 수 없을 정도로까지 나의 모든 것을 쏟아 부었건만, 결국엔 이루지 못한 것들이 무수히 많았다. 이로 인해 참담함을 경험해 보기도 하고, 절망 속에 몸부림친 경우도 많았다.

그러한 실패로 인해 내가 더 발전하거나 더 성숙했을까? 자문해 본다면 꼭 그렇지도 않은 것 같다. 오히려 더 아프고, 힘들고, 실망을 했던 것 같다. 내가 그리 큰 욕심을 부렸던 것일까? 하지만 객관적으로 판단하건대 남들이 원하는 평범한 욕심정도였다.

실패의 원인은 뻔했다. 나의 능력이 부족한 것이 하나요, 내가 지혜롭지 못했던 것이 둘째이다. 하지만 중요한 또 한 가지는 운명이라는 것이다. 운명은 사람의 힘으로 할 수 있는 게 아니다. 운명을 본인의 노력으로 바꿀 수 있을까? 나는 그건 불가능하다고 본다. 만약 그것이 가능하다고 누군가가 말을 한다면 아직 진정한 운명을 경험해 보지 않은 사람이 하는 얘기에 불과하다고 생각된다.

삶은 마음대로 되지 않는다. 내 자신의 삶뿐만 아니라 나와 가장 가까운 가족의 삶도 마찬가지이다. 체념이 어쩌면 더 큰 힘을 발휘할지도 모른다. 마음대로 되지 않는 것에 저항하고 대항하느니 나는 비겁하게도 체념의 길을 선택해 왔다. 그 길이 나에게는 쉬웠다. 나에겐 그리 큰 힘도 없었고 가진 것도 없었기 때문이다. 보다 더 많은 것을 일찍 체념했다면 더 좋은 일들이 많았을지도 모른다는 회한밖에 없다.

예전엔 내가 원하는 여러 가지가 많았다. 인생의 어느 순간이건 그 당시 원했던 것이 있었다. 하지만 이제는 내가 원하는 것들을 줄여나가야겠다는 생각을 한다. 그리 큰 것을 원하거나 목표로 삼지 않으려 한다. 이제 내가 정말 이룰 수 있을 것 같은 것만 하려 한다. 그리고 나에게 주어진 시간을 그냥 즐기며 재미나게 살아가려 한다.

마음대로 되지 않는 삶이 어쩌면 아픔이겠지만, 그건 나의 영역이 아니다. 나의 영역도 아닌 것에 욕심을 부리는 것이 바로 나의 삶에 고통을 주는 건지도 모른다. 이제는 그냥 편하게 아무 욕심 없이 오늘 해야 할 일을 하며, 그냥 물 흘러가듯 그저 그렇게 살아가려 한다.

한 번 밖에 주어지지 않는 인생인데 최대한 노력을 하고 최선을 다해 열심히 살아야 한다고 말하는 사람도 있을 것이다. 하지만 나는 그런 말에 이제 더 이상 관심이 없다. 삶의 높은 목표나 우수한 삶의 결실도 그리 흥미가 생기지 않다. 내가 하고 싶은 것

하면서 내가 좋아하는 사람과 시간을 보내며 그냥 오늘 하루를 무사하게 보내는 것만으로도 감사할 뿐이다.

56. 좋지도 싫지도

살다 보면 정말 많은 사람들을 만나게 된다. 나도 내가 좋아하는 사람을 많이 만났다. 하지만 내가 좋아하는 사람과도 예상치 못한 많은 일들을 겪었다. 세월이 지나 아직도 연락이 되는 사람도 있지만 내가 좋아했음에도 불구하고 연락이 되지 않는 사람도 많다. 내가 좋아했지만 나를 그다지 좋아하지 않았던 사람과는 그리 오래 가지 않았다. 내가 아무리 좋아하고 많은 노력을 해도 인연이 아니면 몇 번 만나고 말게 된다. 내가 싫어하는 사람도 많이 만났다. 상대방도 나를 별로라고 생각하면 바로 그 자리가 끝나는 자리이다. 내가 싫어하고 별로 관심이 없는데도 나를 좋아하는 사람도 있다. 그것도 그리 오래 가지 않는다.

내가 좋아하는 만큼 상대방도 나를 좋아하는 정도가 비슷하면 오래 좋은 관계를 유지할 수 있다. 하지만 여기에 이익을 바라는 측면이 어느 정도 있다면 이것도 그리 오래 가지 않는다. 순수함이 인간관계의 기본이기 때문이다. 고등학교를 졸업하고 객지 생활을 하면서 그 동안 많은 사람들을 만나고 겪었다. 삶은 만남의 연속이다. 어떤 사람들을 만나느냐에 따라 그 사람의 인생이 바뀌기도 하고 행복하기도 하며 불행하기도 하다.

나는 이제 사람과의 만남을 감정을 기반으로 하지 않으려 한다. 내가 좋아하는 사람이었건, 내가 싫어하는 사람이었건 언젠가는 서로에게 상처가 되고 아픔이 되었다. 이것은 예외가 없었다. 많이 좋아하는 것만큼 아픔도 있고 그만큼 경험과 성숙이 있을 수 있다는 건 안다. 하지만 이제는 그러한 감정의 소용돌이를 벗어날 때가 된 것 같다. 내가 좋아하는 감정, 내가 싫어하는 감정 그 자체를 벗어나 살기로 했다.

그러면 무슨 사는 재미가 있고, 인간미가 없지 않을까 하는 생각을 하지 않은 것은 아니다. 하지만 이제 그런 때는 지났다는 생각이 많이 든다. 누구를 좋아해서 그 사람을 위해 무언가를 하고, 누구를 싫어해서 그 사람과 다툼을 벌이고 하는 것 자체가 나에겐 의미없다고 느껴지는 이유는 무엇일까?

나에겐 이제 내 자신과 다른 사람이 존재하는 것 자체에 만족하며 살아야겠다는 생각이 든다. 물 흐르듯 그냥 다 스쳐 지나가는 인연이라는 생각이 든다. 내 인생에서 만나는 모든 사람과 언젠가는 헤어져야 하는 게 운명이다.

감정 없이 사람들을 만나고 관계 맺는 것이 가능할까? 나는 이제 그러기로 했다. 그게 가능한지는 나도 모른다. 감정 없이 사람들을 만나고 대하면 삶의 재미를 느끼지 못하는 건 아닐까? 아마 그건 재미없을 것이다. 하지만 나는 그런 재미없는 삶을 살기로 선택했다. 사람에 대한 나의 마음 자체를 버리기로 했다. 내가 그동안 살면서 상처를 많이 받아서일까? 물론 많은 사람들로부터 수많은 상처를 받은 것은 사실이다. 아물지 않은 상처도 많고 기억하고 싶지 않는 상처도 많다. 하지만 솔직히 말하건대 그 상처 때문만은 아니다.

그럼 인간에게 희망이 없어서일까? 그것도 아니다. 인간은 인간만이 희망이다. 거기에 존재의미가 있을 것이다. 희망은 내가 원한다고 해서 이루어지지는 않는다. 언젠간 이루어지겠지만. 그럼 왜 나는 감정 없는 삶을 살려고 하는 것일까? 현재는 그 답을 알 수 없지만 그냥 그게 나로서는 최선의 선택이라는 생각이 든다. 이제 좋고 싫은 감정을 버리는 연습을 해야 할 때가 아닐까 싶다. 사람에 대한 마음을 모두 비워 버려야 할 때이다. 나는 이미 그러한 연습을 시작하고 있었던 것 같다. 나 자신도 그것을 인식하지 못한 채 말이다.

57. 나를 잊었습니다

나는 왜 그동안 나를 잊고 살았던 것일까? 가만히 생각해 보면 나 자신을 많이 사랑하지 못했고 나 자신을 위해 살지 못했던 것 같아 내 자신에게 미안할 뿐이다. 사랑하면 아껴주어야 하는데 전 내 자신을 너무 아끼지 않았던 것 같다. 건강을 위해 전혀 신경 쓰지도 않았고 나 자신을 위해 돈 쓰는 것도 몰랐다. 음식도 제일 싼 것만 찾아서 먹었고, 옷이나 신발 같은 것도 거의 사지 않았을 뿐 아니라 가장 저렴한 것만 사서 입고 신었다. 일도 쉬엄쉬엄해도 되는 것을 무리하게 시간 쪼개가며 쉬지 않고 일하고 뛰어다녔다. 이제 예전의 나의 몸이 아니다. 체력도 근육도 내리막길에 들어섰기에 다시 올라가기에는 너무 늦었다.

그동안 나는 무엇을 위해 살아왔던 것일까? 사회에서 요구하는 표준적인 삶을 위해 나의 세계를 많이 잊고 살았던 것 같다. 나 자신을 잊고 저의 내면을 잊은 채 남들이 좋다고 생각하는 대략 그런 방향을 따라가느라 나를 돌아볼 틈이 없었다.

이제는 잊혀진 나를 찾아 내 자신을 기억할 때라는 생각이 든다. 어느 정도라도 나 자신을 사랑하고 나를 위해 조그만 것이라도 하고 싶다. 지나온 시간은 진정으로 나를 위한 삶이 별로 없었던 것 같다. 나를 위해 여행 한번 제대로 가본 적도 없고, 마음 놓고 무엇 하나 사 본 적도 없다. 그동안 주인공인 내가 없는 삶이었기에 그렇게 헤매며 살았는지도 모른다.

이제는 나도 나를 많이 사랑하고 싶다. 내 몸도 아끼고 나를 위해 조금만 사치라도 하고 싶다. 나의 행복을 위해 약간이라도 노력하고, 나의 즐거움과 기쁨을 위해 하고 싶은 것 하나라도 하려 한다. 누군가가 나를 욕하더라도 이제 상관없다. 나를 가장 사랑해야 하는 사람은 나라는 것을 확실히 알기 때문이다. 다른 사람은 그냥 다른 사람일 뿐이며 그가 나의 인생을 대신 살아주지 않는다. 내가 아프다고 해서 대신 아파주지도 않으며, 내가 힘들다고 해서 대신 힘들어할 수도 없다.

더 나은 나를 위해 더 아름다운 나의 내면의 세계를 위해 보다 많은 노력을 하려 한다. 다른 것보다 내가 소중하다고 생각하는 것을 위해 애쓰려 한다. 지나온 시간이 의미가 없는 것은 아니지만, 앞으로의 시간은 더 커다란 의미가 될 수 있도록 나만의 노력을 하려 한다. 그것이 그동안 나를 잊고 살았던 나에게 조금이라도 보상을 해주는 것 같기 때문이다.

앞으로의 시간은 다른 사람도 생각하고 나도 생각하는 시간들이 될수 있도록 나름대로의 방법을 찾으려 한다. 이제 다가올 시간은 그래서 더욱 기대가 된다. 물론 앞으로의 시간에도 아픔과 어려움도 있겠지만 그것은 당연하다고 생각할 것이다. 그동안의 경험이 더 커다란 어려움도 능히 이겨낼 수 있을 힘이 되어 주리라 굳게 믿고 싶다.

이제는 나를 잊지 말고 꼭 기억하며 하루하루를 지내려 한다. 내가 없어지면 이 세상이나 이 우주도 아무런 의미가 없다는 것을 너무나 잘 안다.

58. 색안경을 벗고

우리는 우리 주위의 사물이나 사람들을 객관적으로 보기가 그리 쉽지는 않다. 다시 말하면 그 실재를 정확하게 파악하지 못하는 경우가 많다. 그 이유는 우리가 끼고 있는 색안경을 통해 다른 것들을 보기 때문이다. 그 안경은 우리의 무의식이 될 수도 있고 우리의 편견이 되기도 한다.

예를 들어 내 주위의 어떤 상대방이 별로 마음에 들지 않을 경우엔 나의 색안경이 변하기 시작하면서 그의 모든 면이 다 나쁘게 보인다. 실제로 다른 사람이 그 사람을 보았을 때는 그리 나쁜 사람이 아닐 수도 있는데 말이다.

이것은 오로지 나의 잘못이다. 어떤 사물이나 현상 그리고 사람들을 바라볼 때 그 실재를 정확히 파악하지 못하는 것은 내가 끼고 있는 색안경 때문에 그렇다.

더 큰 문제는 우리 본인이 그러한 색안경을 끼고 있는지조차 모른다는 것이다. 자신이 생각하고 자신이 판단하는 것이 제일 정확하며 아무런 문제가 없다고 이미 마음속에 결론을 내리고 있기에 더욱 커다란 문제가 발생하게 된다.

그로 인해 오해가 발생하게 되고, 자신의 잘못된 판단으로 인해 상대에게 상처를 입히는가 하면 회복될 수 없는 관계가 되기도 한다. 이러한 것은 우리가 가지고 있는 표상이 실재를 아예 새로운 것으로 만들기에 그렇다.

우리가 타인으로부터 받은 표상이건 우리의 내면이나 무의식에서 떠오른 표상이건 그 실재와 거리가 멀어지기 시작하면 나의 세계는 그 표상에 갇히게 되고 만다. 내가 스스로 나의 세계를 제한해 버리게 되는 것이다. 그리고 결국 그는 그 세계에서 빠져나오지 못하게 된다.

이러한 문제를 타개하기 위해서는 우리는 소통할 필요가 있다. 내 자신과 소통하고 다른 이들과 소통해야 한다. 내가 바라보는 것들이 진정한 실재와 어떤 차이가 있는지 내 자신에게 물어보며, 내 주위의 사람들과 아니면 내가 바라보고 있는 상대방과도 서로 대화해야 한다. 그로 인해 나의 색안경을 정확하게 알아, 더 이상 그 색안경을 끼고 다른 것들을 바라보지 않아야 한다. 그러한 소통과 대화가 없는 이상 그는 홀로 고립되어 더 어두운 자신만의 세계로 침잠해 들어갈 수 밖에 없게 된다.

내가 어떤 사람을 정말 좋아하면 그의 모든 것이 다 좋게 느껴진다. 또한, 내가 어떤 사람을 싫어하게 되면 그의 전부가 다 싫어진다. 자신이 분노와 증오의 안경을 쓴 채 다른 사람을 바라보면 그의 모든 것이 불쾌하고, 마음에 전혀 들지 않고 비겁하고 간사하며 나쁜 사람이라는 생각밖에 들지 않게 되는 것이다. 이는 자신을 스스로 그 진실과 멀어지게 만들고 마는 것이며 자신 스스로 우상을 만들고 있는 것일 뿐이다.

따라서 우리가 살아가는 이 세상에서 올바른 삶을 살아가기 위한 중요한 조건 중의 하나는 우리가 가지고 있는 표상과 그 실재와의 차이를 어느 정도 본인이 알 수 있어야 하며 또한 그렇게 되기 위해 노력해야 한다. 그렇지 못할 경우 그는 언젠가는 불행한 삶을 살게 될 가능성이 있다. 왜냐하면 실재가 없는 허상의 세상에서 그는 살고 있기 때문이다.

내가 바라보는 사물이나 사람 자체가 내가 만들어 낸 표상에 불과하다면 그로 인해 그는 상처를 받을 가능성이 클 수밖에 없다. 그것이 진짜가 아니기 때문이다. 자신이 만든 표상에 의해 자신이 상처를 받는 것만큼 슬픈 것은 없을 것이다.

오늘 나는 내가 끼고 있는 색안경을 정확하게 인식하고 있는 것일까? 내가 나를 정확히 객관적으로 바라보지 못하는데 어떻게 그 복잡한 세상을 알 수 있단 말인가? 그러한 상태에서 내가 판단하는 세상은 결코 올바른 세상이 아닐 것이다.

내가 나를 정확히 바라볼 수 있을 때 세상에 나에게 뚜렷한 모습으로 다가오지 않을까? 거울 앞에 서서 나의 모습과 내가 끼고 있는 색안경이 어떤 것인지 가끔 한 번씩은 돌아봐야 하지 않을까?

59. 더 나은 것이 없다

우리가 살아가면서 가장 많이 겪는 고통 중 하나는 인간관계에서 비롯된다. 좋았던 관계가 다툼의 관계로 되면서 사람들은 많은 괴로움을 경험한다. 다툼이 일어나지 않는다면 사람들로부터 상처는 받지 않는다.

다툼이 일어난다면 그 원인이 반드시 존재한다. 여기서 그 원인을 정확히 이해해야 할 필요가 있다. 그 원인을 찾으려 하지 않고 계속 다투기만 한다면 결국 다시 좋은 관계로 회복되기는 힘들 것이다.

다툼의 원인이야 여러 가지가 있겠지만 그 원인 중 가장 중요한 것은 그 사람보다 나를 더 사랑하기 때문이 아닐까 싶다. 나 자신을 그 사람보다 더 중요하게 생각하기에 그 사람과 다툴 수밖에 없다.

만약 나보다 그 사람을 더 좋아한다면 아마 다투기가 힘들지 않을까? 그 사람을 생각한다면 어떤 경우라 하더라도 싸우기를 피하려 할 것이다. 그 사람이 나보다 중요하기에 그를 아프게 하기 싫기 때문이다.

우리는 가까워지려고 노력하는 과정에서는 그다지 다투지 않는다. 왜냐하면 그 사람을 나보다 더 생각하기 때문이다. 하지만 시간이 지나 가까워지고 안정된 관계가 되면 오히려 더 다투게 된다. 왜냐하면 그 사람보다 이제는 나를 더 사랑하기 때문이다.

그 사람과 다투는 또 다른 원인은 내가 그 사람보다 더 나은 사람이라고 생각하기 때문인 것 같다. 그 사람이 나보다 더 나은 사람이라 생각한다면 내가 먼저 스스로 싸움을 피하려 노력할 것이기에 다툼이 쉽게 일어나지는 않는다.

단도직입적으로 말한다면 내가 어떤 누구와 싸우거나 다투고 있다면 나의 결론은 그 사람을 나보다 덜 사랑하기 때문이며, 그 사람은 나한테 그다지 중요하다고 생각하고 있지 않다는 증거이다.

그런 맥락으로 볼 때 누군가가 나에게 싸움을 걸어 오거나 나와 다투려고 한다면 그 사람은 나를 그다지 소중하게 생각하지도 않을뿐더러 나를 그리 많이 좋아하지 않는다고 보면 틀림이 없다.

마찬가지로 내가 어떤 누구와 싸우고 싶은 마음이 든다면 나는 그를 별로 좋아하고 있지 않으며 그 사람보다 나 자신을 더 사랑하고 있다는 증거이다. 그 사람은 나에게 별 의미가 있는 중요한 사람이 아니라는 생각을 의식적이나 무의식적으로 하고 있기 때문에 그와 싸우려 하는 것이다.

하지만 여기서 다툼의 원인만 찾고 끝난다면 별 의미가 없다. 그 원인을 제거할 수 있는 방법이 필요하다. 중요한 것은 그 사람이건 나건 서로가 서로에게 더 나은 것이 별로 없다는 것을 인식할 필요가 있다. 다른 말로 한다면 내가 다른 사람보다 더 나은 것이 없다는 생각을 한다면 그 사람과 다툼의 관계로 발전하지 않았을 것이다. 마찬가지로 그 사람도 나보다 더 나은 게 없다고 생각하고 있었다면 그도 나와 다투지 않으려 노력했을 것이다. 그런 단계에서 우리는 인간관계로부터 오는 아픔과 괴로움으로부터 자유로울 수 있다.

사실이 그렇다. 객관적으로 보면 내가 그 사람보다 더 나은 것은 없다. 내가 옳고 그 사람이 옳지 않다고 판단하는 것 자체가 의미가 없다. 왜냐하면 그 기준이 나였기 때문이다.

이것은 자존감이나 자존심의 문제가 아닌 객관적인 사실이 그렇다. 내가 그 사람보다 어떤 것이 더 나은 것이 있을까? 목숨을 걸고 싸울 만큼 내가 그 사람보다 엄청나게 훌륭한 것일까?

우리의 삶에서 아픔의 많은 부분이 인간관계 특히 나와 가까운 사람들과의 관계 때문에 그런 것인데 내가 다른 사람보다 더 나은 것이 없다는 것을 확실히 인식하고 있다면 그러한 아픔은 많이 줄어들지 않을까?

내가 다른 사람보다 그다지 나은 것이 별로 없다는 인식을 계속하고 있다면 나는 아마도 많은 인간관계로부터 오는 아픔과 괴로움을 별로 느끼지 않을 것이라 생각된다. 게다가 그 사람을 존중하고 진심으로 좋아하고 있다면 다툼 자체도 생기지 않을 것이다. 그리함으로써 나는 내 주위에 있는 사람들과의 인간관계에서 비로소 자유로움을 얻을 수 있다.

나는 그 어떤 사람보다 더 나은 것이 없다. 그리고 그것은 사실이다. 만약 내가 더 나은 것이 있었다면 그와 다투고 있지 않을 것이다. 그 사람이나 나나 별 차이가 없기에 마음 아프게 싸우고 있을 뿐이다.

60. 세상은 공평하지 않다

니체의 "모든 인간은 기본적으로 권력에의 의지를 가지고 있어 이를 바탕으로 행동한다."라는 주장에 어떤 이들은 비판하지만, 그의 인간 내면에의 탐구는 박수받기에 마땅하다.

약육강식의 원리는 동물의 세계에서만 적용되는 것은 아니다. 당연히 인간의 세계에서도 그 원리는 적용되어 왔다. 역사적으로 볼 때 인간에게 있어 힘 있는 자는 많은 것을 얻었고 힘없는 자는 굴욕적으로 살아야 했다.

태양의 강렬한 햇빛이 내리쪼이는 한 여름, 어떤 노동도 하지 않고 금수저를 물고 태어났다는 이유로 가만히 있어도 경제적인 걱정 없이 살아가는 사람이 있는가 하면, 땀을 비 오듯 흘리면서 땡볕에서 힘든 일을 해도 하루 먹고 살아가는 것이 힘에 부치는 사람들도 수없이 많다.

세상은 공평한 것이 아니다. 정의롭지도 않다. 공정한 사회도 아니다. 노력한 만큼 돌아오는 것도 아니다. 이것은 부인할 수 없는 슬픈 현실이다.

그렇다고 해서 영원한 약자로 살 수는 없다. 아무런 것도 하지 못한 채 강한 자에게 당하고만 있을 수는 없다. 힘을 길러야 한다. 내가 무시당하지 않고 존중받지 못하는 한 나의 존재는 참담할 수밖에 없다. 그러기에 강한 자가 되려고 노력해야 한다.

하지만 단순한 강자가 되지는 말아야 한다. 만약 그렇게 된다면 내가 당한 것만큼 내가 다른 사람들을 그렇게 만들 수가 있다. 나와 같은 약자를 내가 만들게 되는 것이다. 그러기에 진정한 강자가 되어야 한다. 약자에게 함부로 하지 않고 그를 배려할 줄 아는 그러한 강자가 되어야 한다.

강자는 싸우지 않는다. 그의 마음에는 항상 약자가 존재하기 때문이다. 어쩌다 강자가 된 사람은 자신이 가지고 있는 것을 확신하여 상대를 굴복시킬 수 있다는 자신감으로 싸움을 시작하여 약자를 짓밟는다. 하지만 그의 앞길이 결코 순탄치 않음을 인식하지 못한다. 자아도취에 빠진 결과며 오만의 극치이다.

약자도 강자를 이기려 하는 것보다는 자신부터 이겨나가야 한다. 자신의 현재의 상태를 개선하려는 의지가 없는 자는 약자에서 벗어날 수가 없기에 영원히 강자에게 굴욕을 당하며 살 수밖에 없다. 나 자신을 이겨야 진정한 강자로 나아갈 수 있다. 강한 자를 비판할 시간이 있다면 나 자신이 스스로 강한 자가 되기 위해 노력해야 한다.

나 자신이 나를 넘어서는 순간 강자의 길로 들어설 수 있다. 진정한 약자는 현재에 안주하는 자이다. 자신의 모든 것을 걸고 도전해야 한다. 아무것도 하지 않는 이상 아무것도 이룰 수 없다. 내가 시도하는 모든 것이 성공을 보장하지도 않는다. 하지만 많은 것을 노력하다 보면 그중에 하나는 나의 힘이 되어줄 수 있는 기반이 될 수 있다.

모든 것이 공평하고 공정한 사회를 만든다는 것, 강자와 약자가 함께 공존할 수 있는 것을 바라는 것은 헛된 망상에 불과하다. 그런 일은 인류가 멸망하는 날까지 도래하지 않는다. 그런 사회를 꿈꾸며 그것이 현실 가능하도록 노력하는 것이 중요는 하겠지만, 어느 정도까지만 가능할 뿐이다. 완전한 그런 사회의 도래를 생각하는 것은 지극히 유아기적 사고에 불과하다. 인간 자체가 완전하지 않다는 것을 잊었기에 그러한 것을 바라고 있는 것인지도 모른다.

차라리 진정한 강자로의 길을 권장하고, 약자에서 벗어날 수 있는 방법을 제시라도 한다면, 솔직하게 인간의 참모습을 지적한 니체처럼 박수라도 받을 수 있다.

힘들고 어렵고 자존심 밟혀가며 나를 주장하지도 못했던 힘든 상태에서 살아왔던 그 순간들이 언젠가는 추억의 순간이 되는 날이 곧 올 것이다. 그렇게 어제를 살아왔고, 더 나은 내일을 위해 오늘을 살아가고 있기에 햇살처럼 밝고 환한 날들이 곧 오리라 믿고 싶다.

바라건대 약자를 배려해 주는 진정한 강자가 많은 사회, 스스로를 약자에서 벗어나려고 노력하는 사람들이 많은 사회, 우리 사회가 그러한 사회로 거듭날 수 있기를 희망해 본다.

삶에 대한 단상

정 태 성 값 12,000원

초판발행 2023년 2월 1일
지 은 이 정태성
펴 낸 이 도서출판 코스모스
펴 낸 곳 도서출판 코스모스
등록번호 414-94-09586
주 소 충북 청주시 서원구 신율로 13
대표전화 043-234-7027
팩 스 050-4374-5501

ISBN 979-11-91926-73-6